태어날 때부터

남의 집 아들

아유 역시
아들이지!

여자애가
방 꼴이
이게 뭐니?!

시무룩

내가 더 높다!!

와하하!

나도 저거
타고 싶어

여자애가
위험하게!

엉덩이 살만
빼면 딱인데!

화르륵

술은 여자가
따라야 제 맛..

착

맛있냐?!

네가 성공하면
축하해 줄게

근데 난 내가
성공해야
행복해

내가 성공해서
행복하게 해 줄게!!

지금까지

휴-

나도 몰라서
공부하는
페미니즘

나도 몰라서
공부하는
페미니즘

키드 글·그림

팬덤북스

페미툰의 탄생

3년 전, 제게 한 통의 이메일이 전해졌습니다. 모 단체의 페스티벌에 사용될 포스터가 필요하다는 작업 의뢰 메일이었습니다. 페스티벌이라는 말만 듣고 즐거운 마음으로 회의에 참석한 저는 깜짝 놀랐습니다. 단체에서는 강남역 화장실에서 일어난 살인 사건을 기점으로 '여성혐오'를 몰아내기 위한 페스티벌을 준비 중이었으니까요.

집에 돌아와 차분히 생각해 보았습니다. 여성혐오와 성차별에 대해서 하나씩 공부하기 시작했습니다. 그러자 이전에는 보지 못했던 여성혐오와 성차별로 가득한 세상이 보이기 시작했습니다. 페미니즘을 공부하고 보니 저 역시 성차별을 학습하고 그것을 자연스럽게 받아들이고 있었음을 알게 되었습니다.

이후 제 삶은 전반적으로 많은 것들이 달라졌습니다. 가부장적 사회가 강요하는 여성성을 벗어던지자 예전보다 훨씬 자유롭고 당당해졌습니다. 하지만 여성혐오는 여전했고, 주변의 불편한 말과 행동들은 쉽게 사라지지 않았습니다. 성차별과 여성혐오를 알지 못하니 문제라고도 생각하지 않았습니다.

저는 제 삶뿐만 아니라 제가 살고 있는 세상도 바뀌기를 바랐습니다. 친구와 가족, 일터가 제게 하는 여성혐오를 멈추기를, 소중한 사람들이 성차별이나 여성혐오로부터 자유로워지기를 바랐습니다. 하지만 편견과 사회 통념의 벽은 높았고 그들은 전혀 듣지 않았습니다. 주변에 페미니스트는 저 한 사람뿐이었고 다수가 성차별을 따르고 있었으므로 그 속에서 저만 이상하고 예민한 사람이 되어 갔습니다.

어쩌면 저도 몰랐을 때는 그들과 같았기에 그들도 몰라서 그런 것이라고 생각했습니다.
'한 번만 책을 본다면, 한 번만 페미니즘 강연을 듣는다면 생각이 바뀔텐데……' 하고 말이죠.
하지만 '문제가 없다고 생각하는 사람들'은 책을 읽어야 할 필요도 강연을 들어야 할 이유도 없었습니다.

그러던 중, 무엇을 할 수 있을지 고민하던 차에 그동안 공부해온 것들을 만화로 그리게 되었습니다. 제가 대단한 학자는 아니지만 알기 쉽게 만화로 그리면 어쩌다 한 번이라도 그들이 보게 되고 그래서 알게 된다면 제가 그랬던 것처럼 그들 또한 변하지 않을까 싶었습니다.

.

.

.

'나도 몰라서 공부하는 페미니즘'은 그렇게 시작되었습니다.

만화를 그리기로 했다

여자가 얼마나 주차를 못하면 전용 주차장이 있냐!!

크기도 커! 안 그래?

주차 실력 때문이면.. 초보 전용 아닌가.. 이상한데

흠

응

세상에는 헛소문이 많았는데

대부분 간단한 검색으로 사실을 확인할 수 있었다.

여성우선주차장: 임산부, 유아 동반 시 편의 제공 및 여성 대상 범죄 예방을 위하여 설치

이유가.. 참..

주차장 납치 강간 폭행..

하!

평소 궁금했던 것을 더 찾아봤다.

미디어 연출

경력단절

헉!

유리천장

이것도 ?!

코르셋

임신중단

외모

태도

찾아볼수록 잘못된 것이 한둘이 아니었다.

조금만 찾아보면 알 수 있는 사실을

휴

털썩

왜 알아보지 않는 걸까?

처음엔 무던히도 말했다.

여성우선 주차장은 말이야 ~

무슨 이유 때문이냐면~

설명하면 알겠지, 사실이니까.

하지만 오해와 편견의 벽은

사람들은 그렇게 생각 안 해!

너만 그렇게 생각해 ~!

단 뚝 뚝 단

사실 여부와 상관없었다.

그들에게 중요한 건

세상은 안 그래!!!

척!

문제가 아무리 많아도 다수의 사람이 따르고 있다면 바뀌지 않는다는 것.

그러면 알려야겠다.

많은 사람이 알게 되면 세상도 바뀌겠지

그래서 만화를 그리기로 했다.

할 줄 아는 게
이것 뿐!

그러자

하지 마!

그런다고
안 바뀌어

텁!

꼭 내가
해야 해?

대부분의 사람이 말렸다.

나 자신도 걱정이 많았다.

틀리면
어쩌지

실수 하면
어쩌지

욕 먹으면
어떡하지

멈

칫

그때 가장 힘이 됐던 건

부족하면 어때
아무것도 안 하는 것
보다 나아!

그럴까..

록산 게이의 《나쁜 페미니스트》

그래, 욕먹으면 어때

부족한 건 공부하면서..

세상이 이 모양인데, 뭐라도 하자

그렇게 페미툰을 그리기 시작했다.

역시나 실수도 하고 욕도 먹었다.

이건 틀렸어!

똑바로 해!

더 주의 깊게 그리겠습니다

크흡

가끔은 뭉클할 때도 있었다.

덕분에 페미니즘을 알게 되었어요!

감사해요 흑흑-

고마워요~

찌지

잉

어딘가 페미니즘에 관심이 생긴 '새싹 페미'가 있다면

만화가 조금이라도 도움이 되길

어딘가 '지치고 외로운 페미니스트'가 있다면

만화가 조금이라도 힘이 되길

모두가 안전하고 나답게 살 수 있는

보통 날이 올 때까지

CONTENTS

CHAPTER 1
태어날 때부터

CHAPTER 2
페미니즘의 이해

CONTENTS

CHAPTER 3
오늘부터 페미니스트

CHAPTER 4

코르셋

태어날 때부터

페미니즘을 알고 난 이후, 태어나서부터 지금까지의 삶을 돌이켜보며 일상 구석구석에 존재하던 여성혐오와 사회가 어떻게 여성을 차별해 왔는지를 담았습니다. 지금까지 아무런 문제가 없다고 생각했던 일상을 제대로 다시 보며 쓴 기록입니다.

여행?
그게 뭐지?
끔끔

사실 나도 잘 몰랐다.

왜 몰랐을까?

코르셋
불법 촬영
성차별
성폭행
데이트 폭력
강간
2차 가해
성추행

이렇게 많은 혐오 속에서

세상에 나니
찬란한 빛이 있었고

습습 후후
마실 수 있는 공기가 있었으며

차별이 있었다.
우르르쾅쾅

너무 자연스러워서,
자연인 줄

태어날 때부터

태어날 때부터

Since

1984

아들 낳은 옆집 엄마는 복덩이가 되었고

딸 낳은 우리 엄마는 죄인이 되었다.

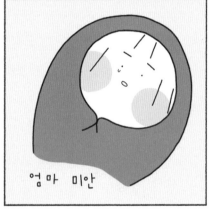

엄마 미안

태어날 때부터 지금까지 무수히 많은 성차별의 순간들이 있었습니다. 그때마다 불쾌했으나 사람들은 '원래 그런 거'라고 했습니다. 그래서 차별이 차별인 줄도 모르고 지나치며 살았습니다.

페미니즘을 알고 나니 세상의 많은 것들이 달라 보였고 문득 궁금해졌습니다. 그래서 태어날 때부터 지금까지의 삶을 돌이켜 보았습니다. 탄생의 순간부터 어린 시절, 학교. 일상 구석구석에 존재하던 여성혐오를 찾아보고 사회가 어떤 방식으로 여성을 차별해 왔는지 살펴보았습니다.

그리고 깨달았습니다.
그동안 '아무런 문제'가 없던 것이 아니라
'무엇이 문제인지' 몰랐다는 것을.

미안한 탄생

이 만화를 보던 친구가 말했다.

맞아 - 나도 살아남았으니까

그게 무슨 말이야?

나 셋째 딸 이잖아 - 지우려고 했었대

어른들이 지우라는 거 엄마가 반대해서 태어날 수 있었어

그 애길 너한테 했단 말이야? 너무하다..

예전엔 그랬지-

요샌 그런 일 없지 뭐 보통 하나 둘이라 다 귀하니까

팡

팡

근데 여기 아파트 좋네 공원도 있고

이사 올래? 뭉뭉

하지만 아직도 축하받아야 할 사람이

태아의 성별 때문에 눈물을 흘리고 있다.

이런 미안한 탄생은 언제까지 계속될까?

사실, 이 에피소드는 그리지 않으려고 했습니다.

'남아 선호 사상이라니……, 너무 옛날 일 같은데.'

요즘에는 당연히 그런 일이 없으리라 생각해 빼도 무방하겠다고 생각했습니다.

그러다 우연히, 집 앞 공원에서 제 눈으로 똑똑히 '미안한 탄생'을 목격하고 말았습니다. 태아의 성별이 딸이라는 이유로 서운한 말을 들은 여성이 울고 있었고, 그 옆에서 위로라고 건네는 남성의 말은 '괜찮아, 다음에는 아들 낳으면 돼'였습니다.

.

.

.

어쩌면 세상은 제가 생각하는 것보다 훨씬 더디게 흘러가고 있는지도 모르겠습니다.

할머니 집에 가면

어릴 적 할머니 집에 가면

고기반찬은 늘 손자 앞에 놓였다.

밥 위에 고기를 척척 올려 주시기도 했다.

많이 먹어라
내 새끼

냠냠

내 앞에는 김치가 놓여 있었는데

매운 김치를 뒤적이고 있으면

김치 뒤적이는거 아니다 !!!
기집애가 조신하게
먹어야지 !!!

깜 짝

불호령이 떨어졌다.

나는 왜 아들이 아닌 걸까?

쿵
쿵

체했다

할머니 집에 가면 서러운 일이 많았다.

초등학교 때부터는 제사 준비를 도왔다.

빨리 만들기 할까?

내가 더 발라~

사촌 동생

남자가 부엌에 가면 고추 떨어진다고 말하던 시절, 손자는 공놀이도 하고 오락실도 갔다.

그리고 저녁이 되면 옷을 갈아입고 절을 했다.

여자들만 빼고.

큰엄마
엄마
나

할머니도, 엄마도, 그 누구도, 절을 하지 않았다.

차린 사람은 왜 절을 하지 않는지

어릴 때는 그게 무슨 의미인지 몰랐다.

전통이라는 이름의 명절

생각해 보면 정말 이상한데

명절 문화 이상한 거 알아~

나쁜 거 알아~

흠흠!!

명절

전통

하지만 전통이잖아~

전통이라는 이유로 참 바뀌지 않는다.

그런데 그 전통은 그렇게 오래된 걸까?

이상한 명절

이상한 며느리 도리

과 - 연?

한번 살펴보자.

결혼에 대한 가장 오래된 기록은 고구려 때이다.

여성의 집

별채

당시에는 여성의 집에서 결혼 생활을 하다가
자식이 장성하면 남성의 집으로 갔다.

고려 시대에는

볼일 좀 보고 올게~

말을 타고 외출

다그닥 다그닥

여성도 자유로운 생활을 했고

재산도 딸, 아들이 동등하게 상속받았다.

하지만 이런 문화는 조선이 성리학을 받아들이면서 부계 중심의 유교 문화로 바뀌게 된다.

*삼종지도 : 여자는 결혼하기 전에는 아버지를, 결혼해서는
 남편을, 남편이 죽으면 자식을 따라야 함을 일컫는 말.

부계 중심 문화는 자녀가 장성할 때까지
여성의 집에서 사는 방식을 바꾸었고,

이때부터 여성이 남성의 집에 살게 되는
시집살이가 시작된다.

17세기 이후 여성은
자유롭게 바깥 활동을 할 수 없었고

교육에도 제한이 있었으며

시부모를 모시고 살아야 했다.

제사는 '준비'하지만, '참여'는 할 수 없었고

재산 상속에서도 제외되었으며

여성이 경제적으로
자립할 수 없는 문화가 형성되었다.

지금처럼 호주제가 폐지되고

여러분~
여기 보세요!

흐착!

훅 훅

사각
사각

여성이 교육을 받고 사회생활을 하며
경제력을 가질 수 있는 이 시대에도

며느리를 향한 잘못된 요구들이 문제되고 있다.

컥

명절인데 일찍 올 거지?

이틀 전에 와라

준비할 거 많다~

며느리 도리

우리 엄마 혼자 힘들어

휴가 내고 먼저 가 있어

'며느리의 도리'는 참 많이 들어 봤는데
'사위의 도리'는 한 번도 들어 보지 못한 것 같습니다.
어째서 며느리에게만 도리와 의무가 강요되는 것일까요?
이런 꼬질꼬질하고 못된 문화에 대해 알면 알수록
비혼에 한 발짝 더 가까워지는 듯합니다.

똑같은 주인공

어릴 적 즐겨 보던 애니메이션의 공주님들은

가사 노동을 기가 막히게 했다.

반드시
노래 부름

샤 라 라 ♪

구박받아
청소하지만
기분 최고!!

조용히 하렴
호.호.

공주님
이런 건 언제
배웠어요?

파이 굽는 중

그런데 생각해 보면
백설공주는 배운 적 없는 요리보다
금광 일을 도와주는 게 더 효율적이지 않았을까?

들어 줄게요!

번 쩍

오오

대박

아마 백설 왕자였다면 파이를 굽지 않았을 것이다.

고마워서
파이를
구웠어요
호.호.

그러고 보면 요즘 공주들은 보다 진취적이다.

책도 읽고
발명도 하며

의존 하지 않고
스스로 !!

지성, 모험심, 도전 정신을 겸비했으며
거침없는 문제 해결 능력을 보여 준다.

그렇다면 외모는 어떨까?

다양한 체형과 개성 있는 남성 캐릭터에 비해

여성 캐릭터는 하나같이 늘씬한 몸매와
갸름하고 동그란 얼굴이다.

미국 브리검영대학교 연구진은
디즈니 공주 캐릭터가

'여자 어린이의 외모 자신감과 자존감을 떨어뜨리고
주체적이지 못한 관념을 형성한다'고 밝혔다.

이제 여성 캐릭터에도 다양성이 반영되기를 바란다.

어린이들이 구시대적 고정 관념을
무의식적으로 학습하지 않기를

지성, 모험심, 도전 정신을 가지고

다채로운 꿈을 꾸기를 바란다.

조카의 초등학교 입학 소식에 옷을 선물하기 위해 백화점에 갔습니다. 매장을 둘러보니 여아의 옷은 분홍색, 남아의 옷은 파란색이 주를 이루었습니다. 색채는 성별이 없지만 아직도 분홍은 여성, 파랑은 남성이 잘 어울린다고 생각하는 사람이 많은 듯 싶었습니다.

그때, 대학 시절에 배운 색채 심리학이 생각났습니다. 색채가 사람에게 무의식적으로 끼치는 영향에 대해서 배우는 수업이었는데, 파랑은 신뢰와 이성적 판단을 나타내 기업 로고나 관공서에서, 분홍은 사랑과 배려를 나타내 여성용품이나 로맨스물에 많이 사용한다고 하였습니다. 그럴 때마다 저는 분홍색이 싫다며 반발심을 가졌는데, 지금 생각해 보니 색 자체가 싫었다기보다 색의 의미와 그것을 여성에게 강요하는 분위기가 싫었던 것 같습니다.

결국, 조카에게 분홍색도 파란색도 입히기 싫어 매장 이곳저곳을 한참이나 돌아다니게 되었습니다. 자세히 보니 색뿐 아니라 옷에 프린트된 내용에도 차이가 있었습니다. 여아의 옷에는 사랑, 아름다움, 귀여움이 남아의 옷에는 꿈, 도전, 성취의 메시지가 담겨 있었습니다.

갑자기 머리가 지끈거렸습니다. 결국, 빈손으로 백화점을 나와 언니에게는 현금 봉투를 건네며 말했습니다.

"입학 축하해. 선물은 조카가 좋아하는 것으로 알아서 사 줘."

비뚤어진 교과서

학교에 가면 누구나 사용하는 교과서에
어떤 성차별이 숨어 있는지

어디 보자

한번 살펴보자!

국어

여성적 어조
순종적, 섬세함

남성적 어조
의지적, 당당함, 기백

아아-
사랑하는
나의 낡은
갖습니다

하 리라! 으리라!

이렇게
바꿔보자
↳ 여린 어조, 청유형, 높임 표현

강렬한 어조, 통탄형

국어

'꾸러기' 낱말 설명 삽화

짓궂은 행동의 주체는 남성, 대상은 여성

실과

'나와 가정생활' 단원 본문

가정 통신문에 부모님 확인을
받아야 하는 상황을 표현하며

엄마는
언제 와?

가정
통신문

어린이의 학교생활을 살펴보는 일을
엄마의 역할로 단정 지었다.

'경쟁 활동' 단원 삽화

응원단 = 여성 　　선수, 감독, 심판 = 남성

'촌락의 형성' 삽화

여성 : 소비 활동 　　남성 : 생산 활동

많이 바뀌었다고 하지만
아직도 곳곳에 문제가 남아 있다.

여성가족부는 교과서의 성차별적 내용에 대한
모니터링을 지속적으로 시행하며

사회와 도덕 등 관련 교과목에
성평등 단원 보완 계획을 제안했다.

교사는 자격 요건이 충족되면
교과서 모니터링 위원에 지원할 수 있다.

자격 요건 : 5년 이상의 교육 경력, 1급 정교사 등

또한 문제가 있는 교과서는 '교과서 민원처리센터'를
통해 누구나 민원을 제기할 수 있다.

제가 공부하던 때의 교과서에는 언제나 '철수'와 '영희'가 단골손님으로 등장했습니다. 그때는 그냥 '그런가 보다' 하고 말았는데 지나고 보니 이상한 것들이 참 많습니다.

'철수는 항상 씩씩한데 왜 영희는 다소곳해야만 했을까요?'

당시 교과서에는 이런 성차별적 시선으로 가득했지만 그때는 미처 알지 못했습니다. 어쩌면 성차별이란 모르면 보이지 않고, 보이지 않으면 자연스레 학습되는 것이 아닐까요?

교훈 바꾸기

교실을 정면으로 바라보면

빠 안

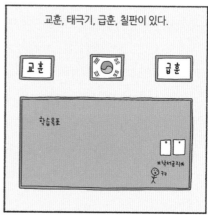

교훈, 태극기, 급훈, 칠판이 있다.

교훈

급훈

학습목표

※낙서금지※
ㅋㅋ

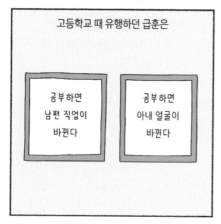

고등학교 때 유행하던 급훈은

공부하면
남편 직업이
바뀐다

공부하면
아내 얼굴이
바뀐다

뭔 말이야?!

공부하면
내 직업이
바뀌지 싯

많이 바뀌었다고 하지만 여전히 남아 있다.

교훈과 급훈의 의미는 다음과 같다.

교훈 = 학교의 이념이나 목표
급훈 = 학교에서 교육을 목표로 정한 덕목

학교의 이념과 덕목이 이래서 되겠나?

성차별적 교훈과 급훈을 바꾸어 보자.

선생님과 직접 의견을 나눠 볼 수도 있고

국민 신문고 홈페이지를 활용하여
학교에 권고할 수도 있다.

국민 신문고 홈페이지 → 민원 제안 참여

성평등한 학교를 응원합니다!

만화는 제가 학생일 때를 생각하면서 그리다 보니 학생이 주체적으로 현상을 바꿔 나가는 모양을 하고 있습니다만, 학생들에게 직접적인 행동을 요구하는 것은 아닙니다. 선생님과 학교 역시 성차별에 문제의식을 가지고 주체적으로 바꾸어 가기를 바랍니다.

급훈은 담임 선생님과 학생들이 의논하여 정하는 경우가 많아 상대적으로 변경이 쉬울 수 있지만, 교훈을 바꾸는 일은 쉽지 않습니다. 교감, 교장 선생님께 '교훈에 대한 건의'를 드려도 '이사장의 권한으로……'라는 답변을 들을 가능성이 큽니다. 그래서 국민신문고를 안내해 드렸습니다. (신문고는 '권고'만 할 뿐 강제적 권한은 없지만 그럼에도 교내에서 문제 해결이 어려울 때 사용할 수 있는 '대안'은 될 수 있을 듯합니다.)

교사 성추행

기사
받는중
↓

쿠오오오 오오오

선생 맞나..
인간 맞나..

하나도 안 변했네..

이런 상황에 교육부는 어떻게 대처하고 있을까?

교직원 대상의 성희롱 예방 교육이
1년에 1회 의무적으로 시행되고 있지만

영상 시청

강의 내용도
제각각

성희롱
나 빠요

실효성이 의심된다.

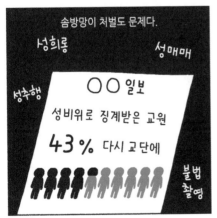

솜방망이 처벌도 문제다.

성희롱

성매매

성추행

○○ 일보

성비위로 징계받은 교원

43% 다시 교단에

불법
촬영

실효성 있는 성희롱 예방 교육과

문제가
될 수 있어요
왜냐하면

이런 표현도
문제가 될까요?

낮은 성 인식
향상

그럼
이런 상황은
어떻게요?

성희롱
예방 교육

교원양성과정, 직무연수
자격 연수에 교육 실시!

공정하고 확실한 처벌이 필요하다.

이제는 정말 달라져야 한다.

'선생님이 손을 집어넣어 명찰을 꺼냈어.'
'가만히 있는데 엉덩이를 치고 갔어.'
'오더니 갑자기 어깨와 팔을 주물렀어.'

이런 이야기가 하루에도 몇 번씩 터져 나왔고
불쾌한 감정이 쉬는 시간마다 폭발했지만
무엇을 어떻게 하면 좋을지 몰랐던 날들이

당시 제게도 있었고
지금도 여전히 반복되고 있습니다.

술은 여자가 따라야 제 맛

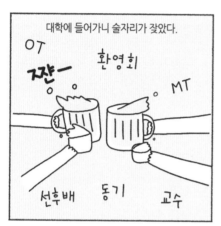

대학에 들어가니 술자리가 잦았다.

OT
쨘ㅡ
환영회
MT
선후배 동기 교수

술자리마다

술은 여자가
따라야 제 맛이지

키드가 한잔
따라봐ㅡ

이 말을 들었다.

교수나 선배에게 술 따르기를 시키는 경우도 있었다.

어서
교수님 한잔
따라드려~

껄껄

나 이용해서 접대하나?

어때
맛있냐?!

으악!

촥!

하고 싶은 마음 백 개

농담인데 왜 그래?

하지만 이때 싫은 내색이라도 하면

분위기 파악 좀 하자~

야 - 됐다! 넌 술 따르지 마!

귀여운 동동이가 따라볼까~

분위기 깨는 예민한 사람으로 몰아갔다.

내가 왜 이딴 소릴 들어야 하지?

끄 으

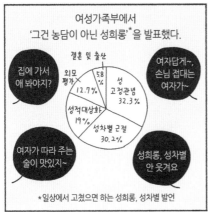

여성가족부에서 '그건 농담이 아닌 성희롱*'을 발표했다.

집에 가서 애 봐야지?

외모 평가 12.7%

결혼 및 출산 5.8%

성 고정관념 32.3%

여자답게~, 손님 접대는 여자가~

성적대상화 19%

성차별 근절 30.2%

여자가 따라 주는 술이 맛있지~

성희롱, 성차별 안 웃겨요

*일상에서 고쳤으면 하는 성희롱, 성차별 발언

지금은 그런 말을 들으면 이렇게 말할 것이다.

술은 여자가 따라야

그 거 성희롱이야

그런 말 하지 마!

척!

"치마 입으니까 예쁘네."

"여자가 고분고분한 맛이 있어야지."

"앞으로 이렇게 딱 붙는 옷만 입고 다녀."

"여자 나이 서른 넘으면 아무도 안 데려간다."

"회사에 손님이 오면 여직원이 커피도 타고 그래야지."

"역시 거래처에 아쉬운 소리 할 때는 (여자) 콧소리가 필요해."

어떤 사람은 농담이라 했고

또 어떤 사람은 무려 칭찬이라고도 했지만

이것은 모두 다 성희롱입니다.

크리스마스 케이크

너도 이제 끝났다

?

대학교 3학년 때부터 듣기 시작한 말인데

파릇 파릇한 맛이 없어

1, 2 학년은 상큼한데 너넨 썩었지

??

??

엥!?

이때 내 나이가 22살이었다.

하 이 고 -

차 암 늙었다

25살에는 '꺾였다'고 했다.
'여자 나이는 크리스마스 케이크'라고 하면서.

25세가 지나면
가치가 떨어진다고

던진다

그런 말을 하는 사람 중에 나보다 어린 사람은 단 한 명도 없었다.

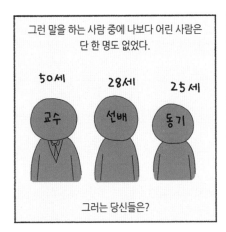

그러는 당신들은?

크리스마스 케이크에 대비되는 말로 '남자 나이는 와인'이 있다.

시간이 지날수록 가치가 높아진다는 뜻이다.

이 둘의 차이는 '여성은 외모로 평가' 하고

'남성은 성취와 내면을 평가' 한다는 것이다.

나이가 들수록 여성의 가치가 낮아진다고 생각하는 것은

남성이 갖게 되는 성취와 내적 성숙을 여성에게는 기대하지 않기 때문이다.

요즘 들어 나는 나이 듦이 퍽 마음에 든다.

어리면
어린 대로

시간이
흐르면
흐른 대로

나름의   멋이 있다

네가 끝났다고 했던
나의 서른은 즐거웠고, 마흔은 멋질 것이며

노년은 찬란할 것이다.

오랜만에 친구들을 만났습니다. 사는 게 바빠 오랜만에 만난 터라 반갑게 안부를 묻고 근황도 나누고 있는데 누군가 불쑥 말했습니다.
"우리도 이제 늙었다. 다 끝났네 끝났어."
이게 무슨 소리인가 싶었는데 얼굴에 생긴 주름과 군살을 두고 하는 말이었습니다.

문득, 스무 살 때가 떠올랐습니다. 의욕은 앞서는데 경험이 부족해 여기저기서 사고도 치고 실수도 많이 하던 그때. 생각해 보면 항상 동동거리며 애가 타는 날들이었습니다. 집에 돌아와서는 얼굴에 눈물 콧물을 범벅하고 울기도 참 많이 울었습니다.

어쩌면 주름과 군살은 그때보다 더 늘었을지 모르지만
나이 서른에는 그것 말고도 얻은 것이 많았습니다.

서툴던 일에도 제법 능숙해지고
인간관계에도 한결 여유가 생겼으니까요.
세월은 공짜로 흐르지 않았습니다.

시간이 흘러 얻게 된 것이 이렇게 많은 것을 보니 앞으로의 40대가 무척 궁금해지고 그렇게 시간이 쌓여 맞을 노년은 더욱 기대가 됩니다.

담배 타임

대학교

10분 쉬고 할까?

네에 에—

교수님은 쉬는 시간이 되면

남학생 몇몇과 담배를 피웠다.

한 대 피우자—

네—

일명 담배 타임

D야— 너 영상 좀 하니?

니가?

프로그램은 할 수 있습니다

탁 탁

이때 인턴의 기회나 취업 얘기가 오갔고

○○ 회사야

그래— 그럼 니가 해 봐

중요한 일을 맡기기도 했다.

그 자리에 여학생은 없었기에

대박!
완전 대기업!

교수님
감사합니다

기회가 여학생에게 가는 일도 없었다.

키드-
여기서 뭐해

공모전
결과 나왔대

보러가자

우리 과에
영상은 얘가
제일 잘하는데..

우리가 담배를 피웠다면

나 잠깐
교수님 좀 뵙고-

빨리 와
같이 보게

먼저
확인해

뭐가 달라졌을까

키드야-

안 들어가고
뭐 하니?

아..!
교수님..

??

여쭤 볼 게
있습니다

...

2차 가해

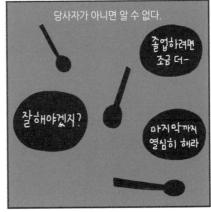

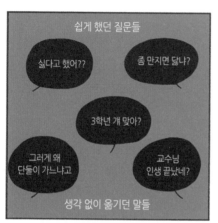

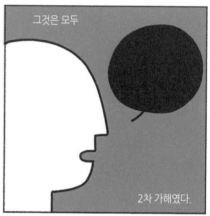

저 역시 그랬습니다. 대학교와 대학원을 거치면서 만난 네 명의 교수 중 세 명이 성추행을 저질렀습니다. 만화 속 상황과 똑같지는 않지만, 그들은 언제나 예상치 못한 순간에 상상하지도 못한 말과 행동을 했습니다.

다리를 만지고, 뒤에서 껴안고, 강제로 입을 맞추었는데 세 명 중 두 명은 유부남이었습니다. 그때 느낀 속이 뒤집어질 것 같던 역겨움은 지금도 잊히지가 않습니다. 당시, 누구에게도 말하지 못하고 휴학을 했습니다. 휴학이 잦자 한 선배가 그 이유를 물었고, 시간이 좀 지난 터였기에 어렵게 이야기를 꺼냈습니다.

선배는 말했습니다.
"나는 그런 일 없었는데, 왜 너한테만 그런 일이 생기냐?"

그 말을 듣고 당시 제가 입고 있던 옷, 먹은 음식, 일을 당했던 시간들을 떠올려 보았습니다. 거기에는 어떤 공통점도 없었지만, 선배의 말 한마디에 저는 제가 무엇을 잘못했는지 생각하게 되었습니다.

"예뻐서 그래."

이 말도 크게 다르지 않았습니다. 의도는 기분 좋게 하려는 것이었겠지만, 기분이 좋았을 리도 없고 그 말은 성추행의 원인이 제게 있다는 것과 다름이 없었으니까요. 이후 저는 누구에게도 그날의 일을 이야기할 수 없게 되었습니다. 선배와의 대화는 성추행을 당했을 때보다 더 큰 절망감을 제게 안겨 주었습니다.

저는 세 번의 성추행 사건을 겪으면서 단 한 번도 목소리를 내지 못했습니다. 그것은 위계나 질서 때문이 아닌 '제 입을 막았던' 2차 가해들 때문이었습니다. 성추행은 저를 불쾌하게 했지만, 2차 가해는 죄책감이 들게 하고 절망 속에서 침묵하게 했습니다.

그 일이 있고 10년이 지난 지금, 잘못은 제가 아닌 성추행을 한 썩어 빠진 교수들에게 있음을 알고 있습니다. 하지만 저와 같은 피해자들이 지은 죄도 없이 죄책감 속에 고통받고 있는 현장을 목격할 때면 어김없이 그날의 일들이 생각나 밤잠을 뒤척이게 됩니다.

여자답다 (1)

어느 날, 아부지는

크흥

쬐애끔

바닥의 얼룩을 보시고

아읶!

지저분해 죽겠네!!

여자답지 못하게!

버럭

성질을 내셨다.

아니.. 아부지가..

호곡

지저분해 죽을 정도로 괴로우시다니

직접 닦으시는 건 어떠신지요~

'여자답다'라는 표현에는

여자 = 깔끔하다, 깨끗하다
= 청소, 빨래, 설거지를 잘한다

이런 것들이 포함된 것 같다.

여자다운 것과
가사 노동이 무슨 상관이지?

청소에 성별이 무슨 상관인가?

너저분

일단 난 상관없군

깔끔

청소 깨끗 빨래

주위를 보면 깔끔한 남자도 많다.

정리머신

삐식! 어딜 치우지 ♪

청소머신

크~ 깨끗! 상큼!

숙 숙

아부지~
전 여자답지 않은게
아니라

그냥, 더러운 겁니다

여자가~ 남자가~
좀 하지 맙시다

옛날사람~ 옛날사람~

가족끼리 외출하는 날이면
아빠는 제일 먼저 준비를 마치고
현관에 서서 재촉했습니다.

"가자."

차려 주는 밥을 먹고
다려 놓은 옷을 입으면
아빠의 외출 준비는 끝이었으니까요.

제일 늦게 준비되는 사람은
엄마였습니다.

밥을 차리고
설거지를 하고
집안을 정리한 뒤에야
헐레벌떡 옷을 갈아입고

집을 나섰습니다.

그렇게 엄마의 준비는 언제나 3인분이었습니다.

스 ― 읍

여자답다 (2)

나도 잘하는게 있다.

샤 악

따블유!

바닥 타일 시공을 잘하고, 페인트칠도 잘한다.

인테리어 전문가 수준

촤 란

엄청나게 뿌듯해하면

여자애가 뭘 하냐!

그딴 거

하지 마

아버지가 생각하는

잘하는 일도 성 역할에 맞지 않으면 혼이 났다.

시무룩

못해도 혼나고 잘해도 혼나고

우리는 각자 잘하는 게 있고

못하는 게 있을 뿐!

어떤 사람도
틀에 구겨 넣지 마시길!

대학 때부터 지금까지 총 다섯 번의 이사가 있었고 그때마다 '셀프 인테리어'를 했습니다. 샌딩기로 밀린 페인트를 정리하고, 드릴로 필요한 가구도 만들어 귀신이 나올 것 같던 집을 살 만한 집으로 바꾸었습니다.

그럼에도 저희 아버지는 제가 이것들을 얼마나 잘하는지 모르셨습니다. 그저 여자는 방 청소나 깨끗이 하고, 설거지를 깔끔하게 하며 요리를 잘해야 최고라고 하셨습니다.

이런 잔소리에 귀가 따가워 잘해 보려 노력도 했으나 손을 대면 댈수록 집이 더 지저분해졌는데 그 모습을 본 한 친구가 제게 말했습니다.
"널 보니까 청소도 재능인 것 같다."

듣고 보니 맞는 말 같았습니다.
청소를 잘하는 여성이 있으면 드릴을 잘 쓰는 여성도 있는 것이죠.

그 뒤로 저는 청소에 대한 욕심을 깨끗이 포기했습니다. 그리고 지금은 다른 재능을 개발해서 가사 도우미를 고용하는 쪽이 빠를 것 같다고 생각하며 살고 있습니다.

"여자로서 이 세상에 태어나는 것이 아니라
여자로 만들어지는 것이다."

시몬 드 보부아르
Simone de Beauvoir

나도 아내가 있었으면 좋겠네

'결혼하면~' 대화 중

난 말이야 결혼하면 바라는 게 딱 하나 있어~

?

바로~

보글보글

보글보글?

???

서울 와서 혼자 사는 동안

빈집에 들어가는 거 진짜 싫었거든.

불 켜진 집에 들어가면 아내가 반겨 주고
보글보글 찌개 끓는 소리가 들리면

보글보글

어서와

진짜 행복할 것 같아.

· · ·

왜?

그럼 아내는 텅 빈집에 혼자 들어가고

종일 일하고 돌아와서 또 일해야 한다는 거네?

찰박
찰박

많은 남자들이 저녁 풍경에 대한 환상을 말할 때면 저는 그들에게 되물었습니다.

"그럼 아내는 퇴근하고 돌아와서 저녁 준비까지 해야 하네?"

그러면 대부분은 이렇게 대답했습니다.

"내가 돈 많이 벌어서 힘든 회사 생활 그만두게 하면 좋겠지만······."

마치 집안일은 기본 값이고 어쩔 수 없이 해야 하는 것이 회사 일인 듯 말했습니다.

"사회생활 참 힘들어. 그래서 내 여자는 그런 고생 안 했으면 좋겠어. 오빠는 많은 거 안 바라. 그냥 집에서 편하게 아이나 키우고 우리 엄마한테 잘하고······, 나한테 시집오는 여자는 진짜 행복할 것 같지 않냐?"

저 역시 이런 한여름의 공포 영화 대사보다 더 오싹한 대화를 끝으로 예전 남자 친구와 헤어졌습니다. 저 짧은 문장 속에 어쩌면 저렇게 많은 여성혐오를 함축시켰을까요? 정말이지 국어 시간처럼 밑줄 그어가며 '위 대화 속 숨어 있는 여성혐오 찾기'라도 하고 싶은 심정이었습니다.

끝으로 이런 어록을 남기고 멀어져 간 이들에게 지면을 빌려 한마디
남깁니다.

"돈은 내가 벌어 올게, 어디 한번 집에서 편하게 지내 볼래?"

크   등!

그놈의 보글보글!!!

\# 혼인 서약서

결혼을 생각해 본 적도 있었다.

하지만 늘 걱정이 앞섰다.

결혼

시가

육아

출산

경력단절

나의 꿈

그럴 때마다 상대는 말했다.

꼬옥

내가 잘할게

그 걱정 없는 미소를 볼 때마다 생각했다.

너는..
모르는구나..

나의
불안을..

어느 날 친구가 '혼인 서약서'에 대해 알려 줬다.

키드-

이거 알아?

효이

효이

그게 뭐야?

서로 지켜 줬으면 하는 약속을 쓰는 거야

요즘 많이 한대~

혼인 서약서

1. 육아휴직
2. 명절
3. 가사노동
:

호-!

내가 걱정하던 것들..

근데 이게 효력이 있어?

법적 효력은 없지만 두사람이 어떤 생각을 가지고 있는지 알수 있지

결혼 전에-

흐응-

그렇겠네 알려 줘서 고마워!

한 자 한 자 고심하며 써 보았다.

사 각 사 각

구체적으로 쓰고 보니
어떤 것을 걱정하는지 정확히 알 수 있었다.

결론적으로는 엉뚱한 부분이 발견되어

결혼은 무산 되었지만

혼인 서약서는 나와 상대가 어떤 가치관을
가지고 있는지 살펴볼 수 있는 좋은 방법이었으며

잘 몰랐던 나에 대해서도 알아 보는 기회가 되었다.

"내가 잘할게."

남자 친구가 저 말을 했다면 정말 잘하고 싶은 마음일 것입니다. 문제는 '무엇을, 어떻게' 잘해야 하는지 모른다는 것입니다. 어떤 문제가 일어나는지 전혀 모르기 때문에 이런 생각을 하기도 합니다.

'돈을 많이 벌어 오면 집안에 도움이 되겠지', '좋은 선물을 사 주면 되겠지', '꽃다발을 사서 기분 좋게 해 줘야지'.

마음은 알겠지만 저런 식으로는 아무것도 해결되지 않습니다. 그렇기 때문에 걱정되는 부분이 있다면 구체적으로 목록을 작성해 보는 것이 좋습니다. 문제와 해결 방법, 필요하다면 기간과 금액적인 부분까지도 정확하게 이야기 나눠 보는 것이죠. 예를 들면 이런 것입니다.

- 부모님께 안부 전화는 각자 알아서 드린다.
- 원가족의 분쟁에 있어서는 각자가 책임지고 의견을 조율한다.
- 명절 때 인사드리는 순서는 서로가 합의해 매 해 바꾸어 진행한다.

  (예를 들면, 설날은 처가, 추석은 시가 먼저 이런 순으로.)

- 생신 때는 부모님을 모시고 식사 자리를 가진다.(외식)
- 만약, 집에서 드시기를 원하신다면 공동으로 (혹은 그 자녀가 메인 요리사가 되어)

준비한다.

- 용돈은 명절과 생신에 양가 동일한 금액을 드린다.
- 육아 휴직은 두 사람 모두 사용한다. 불가능할 경우 사용하지 못한 사람이 육아 도우미를 고용한다.
- 가사 노동은 절반씩 배분하여 1개월마다 교대로 진행한다.

위 서약서의 예시는 지인들에게 문의하여 결혼 전에 해 두면 좋은 이야기들을 정리한 것입니다. (내용은 사람마다 다르며 결혼 후 얼마나, 어떻게 변경할 수 있을지도 사전에 논의하면 좋을 듯합니다.) 만화에서 표현한 것처럼 이 서약서는 법적 효력을 갖지 않습니다. 다만, 결혼 생활 중에 생길 수 있는 문제들(시가, 명절 및 각종 행사, 가사 노동과 육아 등)을 함께 논의하며 해결 방법을 모색해 보는 좋은 기회가 될 것입니다.

만약 저런 이야기 끝에 '저게 어때서?', '왜 평범한 며느리의 삶을 거부해?', '왜 남들처럼 안 하고 예민하게 굴어?'라는 이야기가 나온다면…… 글쎄요, 화를 내거나 슬퍼할 것이 아니라 이런 대화를 결혼 전에 나눠 다행이라고 위안해야 하지 않을까 싶습니다.

엄마에게 아들이 있다면 (1)

문득 여성 인권에 대한
엄마의 생각이 궁금해졌다.

상상 속 아들

엄마~
엄마한테 아들이 있다고
생각해 봐~

아들이 며느리를 데려왔는데

엄마 -
며느리야~

아들은 엄마랑 같이 과일을 씻고
예쁘게 깎아서 준비하고 있어.

예쁘게
깎아

그러는 동안 며느리는 소파에 앉아 있는 거야.

지난번 출장은 잘 다녀왔니?

호호

잘 됐구나

예- 성과가 좋아서 다음에도-

하하

아빠랑 담소를 나누면서.

그러면 엄마 기분이 어떨 것 같아?

상상 끝

펑

엄마에게 아들이 있다면 (2)

사위가 손님이 되는 건 괜찮고

사위

며느리가 손님이 되는 건 이상하다는 거잖아.

며느리

아유~

엄마도 이런데 아들 엄마는 어떻게 생각하겠어

남들도 다 그렇게 살잖아

좋게 좋게~생각해

좋게 좋게 넘어가니까 아직도 세상이 이런 거야

아   오

사위가 백년손님이면 며느리도 백년손님입니다. 사위나 며느리 둘 다 남의 집 귀한 자녀입니다. 하지만 이 당연한 말이 적용되지 않을 때가 참 많습니다. 그렇다면 저는 묻고 싶습니다.

'며느리를 손님 대접하는 것이 아직도 불편하신가요?'
'며느리가 소파에 앉아 있다면 어쩐지 그림이 이상해 보이시나요?'
'사위가 하면 자연스러운 일인데 어째서 며느리가 하면 화가 날까요?'

그렇다면 왜곡된 역할 요구를 바로잡기 위해 며느리를 '아들의 친한 친구'정도로 생각해 보면 어떨까요. 아들의 친한 친구가 놀러왔을 때 고무장갑과 앞치마를 쥐어 주면서 이런저런 일을 시키지 않잖아요.

다정하지만 서로 예의를 다하는, 그런 가족의 모습이면 좋겠습니다.
가족이 남보다 못하다면 최소한 남만큼이라도 해 보면 어떨까요?

어느 날 도로에서

그때

문제의 차가
다시 유턴을 했고

문제의 운전자는

수염이 부숭부숭한 아저씨였다.

가해자가 남성일 경우

성별에 대한 비난은 없다.

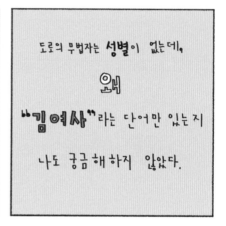

도로의 무법자는 **성별**이 없는데,

왜

"**김 여사**"라는 단어만 있는지

나도 궁금해하지 않았다.

여자는 생물학적으로 공간 인지 능력이
부족해서 운전을 못한다?

정 말 ?

미국 국립과학원회보 소속
모셰 호프만 박사는 이를 실험했다.

부계 사회와 모계 사회 간의
공간 인지 능력 차이를 실험했는데

부계 사회
그룹

모계 사회
그룹

부계 사회는 남성이 높게 나왔으나

모계 사회에서는 차이가 없었다.

결론적으로 공간 인지 능력은
생물학적 차이가 아닌 문화적 차이

태어날 때부터 정해지는 것이 아니라

원래 누가 해도 상관없는 것을

사회적으로, 문화적으로 빼앗은 것.

우리는 비난받기 전에
동등한 기회를 받았나?

SNS에 만화를 올리자 '당장 면허 따러 가자!'라는 댓글이 달렸는데, 만화를 그리면서 굉장히 뿌듯했던 순간 중 하나였습니다. 여성의 기회를 박탈하려 했던, '여자들은 운전을 못한다'는 편견을 부수고 원래 가졌어야 하는 기회와 자신감을 되찾은 듯해 매우 기뻤습니다.

면허
따러가자 !!

지하철 찰칵

지하철을 타자마자 소리가 들렸다.

찰칵

소리가 들린 방향에는

뭐지?

히죽 히죽

히죽

한 남자가 휴대폰을 들고 히죽거리고 있었다.

소름 끼치게 불쾌했지만 넘겼다.

휙

아니겠지...

얼마 뒤 뉴스에서 그 사람을 다시 볼 수 있었다.

휴대폰에는
수천 장의 불법촬영
사진이 발견되어..

불법 촬영범
검거

내가 찍혔다는 것보다

저기 나도 찍혀 있겠네-

더 불쾌했던 것은

그때 알았다고 해도

찰칵

'무엇을 할 수 있었을까?' 하는 무력감이었다.

그래서 찾아봤다.

내가 뭘 할 수 있을까..?

불법촬영 대처법

검색

타탓

대처법 중 나를 좌절시켰던 방법에는 '휴대폰을 뺏고 경찰이 올 때까지 기다린다'...

헛

탁!

뭐하는 것이야!

불법촬영 사건이 폭행 사건이 되겠군..

비교적 현실적인 방법이라면

휴대폰으로 범죄 장면을 촬영해
증거를 남기고 신고하는 정도였다.

사실 그보다 더 중요한 것은
인식 변화와 제대로 된 처벌

찍지 마

보지 마

몰카 아니고
불법촬영!

불법촬영은 **범죄**입니다!

촬영 당한 것을 뻔히 알고 있었으면서도 아무것도 할 수 없던 무력감이 싫어 대처 방법을 알아보았지만, 막상 똑같은 상황이 다시 벌어진다 해도 제가 할 수 있는 일은 많지 않을 듯합니다. 그래서 저는 간절히 바랍니다.

'불법촬영 자체가 일어나지 않아 피해자가 무엇을 하지 않아도 되기를.'
'하는 이가 있다면 제대로 처벌받고 또 처벌해 주기를.'
'불법촬영을 소비하지 않기를.'
'불법촬영과 같은 범죄 행위들이 제발 멈춰지기를.'

내려 주지 않는 택시

늦은 밤 택시를 탔다.

OO동 △△빌라요-

동네가 길이 좁고 구불구불했는데

길이 조금씩 불편해지자

깜 짝!

에이-씨..

택시 기사는 화를 내기 시작했다.

늦은 시간이라 주변은 칠흑 같이 어둡고

골목길에는 아무도 없었다.

늦은 밤 아무도 없는 거리에
화가 난 낯선 사람과 차를 타고 있자니

빨..리
도착하길..

꼬옥

무서운 기분이 들었다.

도착해서 내리려고 할 때였다.

갑자기 차가 움직였다.

택시 기사는 돈을 얼마 더 받아서는
욕설과 함께 사라졌지만

그 목소리, 표정, 공포감은 쉽게 사라지지 않았다.

그날 이후 나는 택시를 타지 않게 되었다.

면 허 증

서울 지방경찰청장

몇 년 전, 이사를 해야 해서 집을 알아보고 있을 때였습니다. 여자 혼자 다니면 우습게 본다는 이야기를 들어서 사촌 오빠에게 신혼부부 연기를 부탁했습니다. 부동산에서는 신혼부부니까 깨끗한 집을 보여 주어야겠다며 이 집 저 집을 소개했습니다. 그러던 중 갑자기 일정이 생긴 사촌 오빠가 먼저 가게 되었는데, 친절한 부동산 사장님을 믿고 별걱정 없이 오빠를 보내 주었습니다.

그렇게 혼자 남아 다른 집을 보려고 할 때였습니다. 지금까지 친절하고 온화한 미소로 응대해 주시던 부동산 사장님의 태도가 갑자기 확 달라졌습니다. '젊은 여자가 깐깐하네, 그냥 아까 그 집으로 해'라며 꼬박꼬박하던 존댓말이 갑자기 반 토막이 된 것으로도 모자라 등을 찰싹 때리는 등 몸에까지 손을 댔습니다. 너무 놀란 저는 싸늘하게 반응하며 자리를 피했고, 그쪽에서도 더는 붙잡지 않았습니다.

집에 돌아와 사촌 오빠에게 이후의 상황을 전하자 말도 안 된다는 반응을 보였습니다. (네, 그 말도 안 되는 세상에 제가 그리고 우리가 살고 있습니다.)

사실, 이런 일은 어느 곳에서나 일어납니다. 주차장에서 요금을 정산할 때, 택시를 탈 때, 길을 걸을 때. 옆에 남성이 있으면 아무 일도 일어나지 않지만 혼자 있거나 여성들만 있으면 누군가 괜한 시비를 걸거나 말을 함부로 하고 큰소리를 내는 일들이 벌어지지요. 남성이 있을 때와 그렇지 않을 때, 세상의 얼굴은 이렇게나 달라집니다.

이런 일을 겪었다고 엄마에게 말하면 반응은 늘 한결같습니다. "그것 봐, 요즘 세상이 어떤 세상인데. 여자 혼자 살기가 얼마나 힘든데. 그러니까 빨리 결혼해."

글쎄요. 해결 방법이 어딘가 이상하지 않나요? 남성과 함께 있어야만 부당함을 겪지 않는 세상이라면 그 이상한 세상을 하루 빨리 고쳐야 하지 않을까요?

보통의 일 (1)

K언니의 이야기가 끝나자

어휴-

말도 마세요
전 더했어요

이어서 P가 말을 꺼냈고

그렇게 이야기가 하나둘 더 나오더니

미친 XX
미술 선생

버스에서
!!

이사 XX
회사에서

교수 XX가
전화로

마침내 그 자리에 있던
모든 여성이 성추행 경험을 이야기하게 되었다.

그 자리에 있던 여성은 10명
이.. 모두가 성추행을 당했다고?!

순간, 소름이 끼쳤다.

이런 일을 / 누구나 겪는다고 ?

이런 게 보통의 일이면 안 되는 거 아닌가?

보통의 일 (2)

성추행, 성폭행, 여성혐오 범죄가

회식 때마다 강제로 만지고

채팅 방에 성인물 링크를..

적장 성추행

○○뉴스

아이고-

뉴스에만 나오는
별난 일이라고 생각했었다.

그러다 내가 당했을 때는

크

악!

쭈울 쭈울

운이 없었다고 생각했고

그 이야기를 들은 지인의 반응을 듣고는 경악했다.

무슨 옷
입고 있었어?

네 생각해서
하는 말이야~

조심 좀
하지-

네가 잘못한 거 아니야?

피해자가 욕먹는 유일한 범죄 앞에서

옷을 왜
그렇게 입었냐

화장을 그렇게
하니까 그런 일이
생기지-

니가
예뻐서 그래
ㅎㅎ

그러니까
일찍일찍
다녀-

결국, 나는 입을 닫게 되었다.

이야기조차 할 수 없어서 몰랐을 뿐

누구나 이런 폭력적인 일상 속에서 살아간다니……

"이런 것이 일상이어서는 안된다."

바꿔어야 합니다!

성적 대상화 하지 마라!

페미니즘

주위를 둘러보면 목소리를 내는
사람들이 전보다 많아졌고

나도 내가 할 수 있는 방법으로
목소리를 내기로 했다.

차별 금지법!

가해자 강력처벌!!!

한국 여성의 전화

여성 인권 영화

레디~ 액션!

Feminist

그렇게 한 사람 한 사람
자기만의 방식으로 목소리를 내어

이토록 이상한 세상이 바뀐다면

진짜 보통의
하루하루를 살 수 있지 않을까?

"네가 아무리 그래 봤자 아무것도 안 바뀐다."

만화를 그리며 수도 없이 들었던 말입니다.
물론, 저 역시 빠른 시일 내에 무언가가 바뀔 것이라고
기대하지는 않았습니다.

제가 만화를 그리고 목소리를 내는 것이
꼭 그런 거대한 목표 때문만은 아닙니다.
여성이 참정권을 얻고, 교육의 기회를 얻게 된 것이
선배 페미니스트들이 목숨 걸고 얻어 낸 쟁취임을 알았을 때
왠지 모르게 커다란 빚을 진 기분이 들었습니다.

제가 살아 있을 때는 못다 이루더라도
지금처럼 무엇이라도 한다면
앞으로 태어날 여성들의 삶이
지금보다 조금은 나아지지 않을까요?

용감한 언니들에게 빚을 갚는 마음으로
지금처럼 *끄적끄적* 만화를 그려 가겠습니다.

그리고 지금은 함께하는 목소리가 모여
이미 많은 것들을 바꾸고 있는 듯합니다.

페미니즘의 이해

일상의 문제를 알고 나니 페미니즘을 제대로 공부하고 싶어져 페미니스트들은 어떤 문제를 어떻게 개선하
자고 하는지를 두루 살펴보았습니다. 동일 노동. 동일 임금, 유리천장, 경력단절, 미적 억압, 낙태죄 폐지 등
여성의 인권을 억압하고 있는 실질적인 문제와 해결 방법에 대해서 그렸습니다.

어디 한 번

제대로

알아볼까?

당연한 것은 없어 (1)

120

여자라서 일의 전문성을 무시하거나

담당의가 여자야? 바꿔 달라 그래!

여자들은 소심해서 큰일을 못해~

흠흠

아니! 기사가 여자잖아? 운전한 지 얼마나 됐어? 어?!

여자라서 함부로 하는 일

그런 거 말이야 —

···

그..그게

그게 뭐 어때서!

다들 그렇게 하잖아—

···

툴 툴

왜 나만 줘~

다들 그렇게 한다고 해서 그게 옳은 건 아니야

당연한 것은 없어 (2)

나도오?!

여보오~
물~

엄마 아빠 놀이 중인 어린이들

아기야?
떠다머거~

네..

뭐래
이 뚱뚱이가

당연한 것은 없어.

그저 잘못된 것과 고쳐야 할 것들이 있지.

같이 알아보자!

호
으
으

이

단어의 이해

여성 인권에 관심을 가지던 사람도
'혐오'라는 단어 앞에서는 부정하기 바쁘다.

여성혐오Misogyny는 단순히 싫어하는 것이 아니라
좀 더 다양한 태도를 포함한다.

가장 많이 알고 있는 ① 멸시형

가부장적인 태도를 보이며 여성이라는
이유만으로 무시하고 비하함.

② 숭배형Philogyny

성스럽다, 깨끗하다, 위대하다는 이미지를 씌워
육아 및 가사 노동 등의 정당성을 주장한다.

그러면서 육아와 가사 노동을 하지 않고
사회로 진출한 여성에 대한 비난을 정당화한다.

③ 성적 대상화Sexual objectification

능력을 보지 않고 동등한 인격체로도 여기지 않으며
성차별적 기준의 미를 찬양하며
그렇지 않은 외모를 비난한다.

왜 여자는 외모를 평가받는 것이
당연한 일이어야 하는가?

④ 셀프 혐오

나 오늘 쌩얼 벗으면 너네 눈 테러 ㅋㅋ

짧은 머리 하면 시집 못 가겠지? 감고 말리기 힘든데..

사회가 만든 여성상에 스스로 코르셋을 적용한다.

단순히 '싫어하다'로 규정할 수 없는 '여성혐오'

단어가 문제다!

대체단어가 없다!

단어에 대한 의견이 분분했지만 현재는 상용화되어 쓰이고 있고, 중요한 것은 주변의 혐오를 찾아 변화하는 것이다.

페미니즘의 이해 (1)

새싹 페미니스트가 있다면

벨 훅스의 《모두를 위한 페미니즘》을 추천한다.

1. 동일 노동 동일 임금

남자가 1달러를 받을 때 여자는 73센트를 받는다.

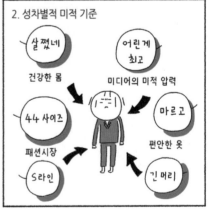

2. 성차별적 미적 기준

3. 임신중단권

안전하고
합법적인
이걸 아직도 주장해야 하다니..

임신 중단권

"페미니즘이란 간단히 말해서
성차별주의와 그에 근거한 착취와 억압을
끝내려는 운동이다."

고고~
자세히 알아보자

벨 훅스, 《모두를 위한 페미니즘》

페미니즘 공부를 처음 할 때 어디서부터 시작해야 할지, 어떤 책을 봐야 할지 참 막막했습니다. 그런데 다른 분들도 저와 같은 마음이 드시는지 책 추천 부탁을 심심치 않게 받고 있어 유형에 맞게 각 한 권씩을 추천드립니다.

'여성 인권에 문제가 좀 있는데?', '페미니즘 공부를 시작하고 싶어!'라는 생각이 드신다면 벨 훅스의 《모두를 위한 페미니즘》을 추천드립니다. 책은 누구나 쉽게 읽을 수 있도록 썼다는 저자의 말처럼 페미니즘이 무엇이고 어떤 문제를 제기하고 있는지 한눈에 살펴볼 수 있도록 잘 구성되어 있습니다.
만약, '여성 인권에 무슨 문제가 있다는 거야?'라는 생각이 드신다면 조남주의 장편 소설 《82년생 김지영》을 추천드립니다. 이유는⋯⋯

.

.

.

읽어 보시면 아실 수 있습니다.

페미니즘의 이해 (2)

일터에서

남성이 1달러를 벌 때 여성은 73센트를 받는다.

*한국의 경우 남성이 100만 원을 벌 때 여성은 63만 원을 받는다.
서울시 '성(性) 인지 통계' 임금 평균

여기에는 여러 가지 이유가 있는데
우선, 승진 기회를 박탈하는 **유리천장**

오오오랫동안 일해도-

승진은 남자부터

유리천장

*이코노미스트, '유리천장 지수' OECD회원국 중 한국 최하위

육아 등 경력단절

결혼 해야지

임신해야지

애 키워야지

여성이 많은 직종 **저평가**
교육, 돌봄, 서비스, 간호 등

'더 많은 임금을 받아야 한다.'

이건 힘든 일, 어려운 일이야

크ㄹ릉

쉽다, 어렵다는 무슨 기준인가!

인식 문제

개선방안

야근 회식 등의 **기업 문화 개선**

아빠는 가정과 멀어져도 정말 괜찮을까?

가정과 회사는 함께 잘 지내야 하는 관계다.
워라밸 시대에 구시대적 착취는 그만두길.

친가족적 회사

엄마도 아빠도 육아 휴직을 편하게 사용할 수 있는 분위기

유리천장 제도 개선

'공공 부문 여성 임용 목표제 10·20·40' 제도 도입

여성 장관 30% 임명

성평등 5년 로드맵

성평등은 모든 평등의 출발

정현백 장관

문재인 대통령

'공공 부문 여성 임용 목표제 10·20·40' 제도 2022년 까지 고위공무원단 10%, 공공기관 임원 20%, 정부 위원회 40%를 여성 비율 목표

일반 경찰 여성 비율 2022년 15%까지 확대

2019년 부터 경찰대학 간부후보생 성별 구분 모집 폐지

군 간부 여성 비율 2022년 8.8%까지 확대

지상근접 전투부대 등의 여성 군 간부 '보직제한 규정' 전면 폐지

갈 길이 멀지만, 조금씩이지만, 변화한다.

여성혐오는 임금 격차에서 시작됩니다. 여성도 얼마든지 경제 활동을 할 수 있지만 결혼과 출산, 육아를 만나면 경력단절이 발생하고 그로 인해 임금 격차가 벌어지게 됩니다. 사회가 그것을 강요하고 있습니다.

출산과 육아 문제를 성평등하게 배분하고, 친가족적인 회사 문화가 형성되면 여성이 경력단절의 위기에 놓일 일은 없게 됩니다. 고위직에서도 여성의 사회 활동이 남성과 동일하게 일어난다면 여성혐오는 사라질 것입니다.

하지만 여전히 여성에게 꾸밈 노동만을 요구하고, 가사 노동과 구시대적 어머니상을 강요한다면 그 일은 더 먼 훗날의 일이 되겠지요.

예전의 페미니즘이 교육과 정치를 위해 싸웠다면 지금은 남성과 동일한 경제권을 요구하고 있습니다. 이것이 바로 '동일 노동 동일 임금', '고위직 여성 동일 비율'을 요구하는 이유입니다.

미적 억압 (1)

캐릭터는 단발이지만

실제로는 머리가 꽤 자랐다.

머리가 길자 사람들은 한마디씩 했다.

이번엔 **미적 억압** 에 대해 알아보자.

여성의 몸은 다양하지만

미적 기준은 어쩐지 단 한 가지.

바로
남성 주체적 미적 기준

내 몸인데,

기준은
왜 남에게 있지?

게다가 그 기준을 조금이라도 벗어나면
서슴없이 비난한다.

여성의 미가 어떻게
다뤄져 왔는지 살펴보자.

이성 중심의 철학은 정신과 신체로 구분하고

정신 vs 신체

정신을 우월하다고 생각했다.

여성에게 아름답길 강요하면서도

그 아름다움을 비난하는 이중적 태도를 취한다.

오랜 예술의 역사에서는

주로 남성이 보기 원하는 신체가
예술의 소재가 되어 왔다.

예술사에 반복해서 나타난 여성의 몸은
여성 신체에 대한 기준이 되어

휙

뭘봐

살아 있는 여성들의 몸을 압박했다.

지금은 미디어가 단일한 여성미를
반복적으로 생산하며 억압을 이어 가고 있다.

미디어가 생산하는 미적 억압은
폭력적이기까지 한데

개그

어리고 날씬

섹시하고 여신

농담

조목 늙고

뚱뚱 촌스럽고

와~ 와~

우-우-

이러한 '농담'은
학교, 일터, 집에서 '폭력'이 된다.

야-
돼지

그거
얼굴이야?

ㅋㅋㅋㅋ

농담인데

앞뒤가~
똑같은~

에이-
장난이야
장난~

깔깔

장애인 비하, 인종 차별 등 저급한 개그가 제재를 받았고 지금은 점차 사라져 가고있다.

하지만 혐오와 폭력은 아직도 많이 남아 있다.

페미니즘을 알고 나서부터는 텔레비전을 끄게 되었습니다.

집에 돌아와 쉬려고 텔레비전을 틀면 광고부터 예능, 뉴스까지도 미적 억압과 여성혐오가 끊이지 않고 등장하기 때문입니다.

예를 들어 화장품 광고를 한번 볼까요? 여성 모델이 나와 주름, 생기 없는 피부, 작은 트러블까지도 걱정하다가 특정 제품을 사용하고 난 뒤 다시 태어난 듯 행복해하며 만족스럽다는 표정을 짓습니다.

그렇다면 예능 프로그램은 어떨까요? 여러 명의 남성들로 구성된 출연진들이 게스트로 나온 여성 가수에게 '나이가 들었다', '이제 늙었다' 라는 말을 아무렇지도 않게 던집니다. 이때, 아이러니한 것은 그런 말을 하는 대부분의 남성들이 게스트로 나온 여성들보다 나이가 훨씬 많다는 점입니다. 마치 자신들은 외모나 나이가 상관없다는 듯 여성에게만 외모나 나이를 들먹이며 평가합니다.

다른 예능 프로그램은 없느냐고요? 결혼을 안 한 아들이 식사를 제대로 못 챙겨 먹자 어머니가 말씀하십니다. '하이고, 쟤가 결혼을 해야 잘 챙겨 먹을 텐데……. ○○ 씨가 요리를 참 잘하던데 저런 며느리가 들어왔으면 좋겠네.' 아들이 식사를 잘 못 챙겨 속상하면 가사 도우미를 고용해야지 왜 며느리를 들이겠다는 것일까요. 혹시 아들의 식사를 챙길 목적으로……?(설마,라고 믿고 싶습니다.)

끝으로, 뉴스에 희망을 걸어 볼까요? 남성 앵커와 여성 앵커가 한 팀으로 뉴스를 진행하는데 여성 앵커는 상대적으로 젊고 화려한 꾸밈을 한 반면 남성 앵커는 중년에 차분한 색상의 정장을 입은 모습이 크게 대비됩니다. 거기에 비교적 중요한 뉴스는 남성 앵커가, 가벼운 주제는 여성 앵커가 전달합니다. 만약 성을 바꾸어서 상상해 보면 어떨까요. 중년의 여성 앵커 옆에 젊은 남성 앵커가 화려한 꾸밈을 하고 뉴스를 전달한다면 어떨까요?

아무 생각 없이 스트레스나 날려 버리려고 켠 텔레비전인데…… 계속 보고 있자니 스트레스가 더 쌓이는 것만 같습니다.

칭찬도 하지 말라고? (1)

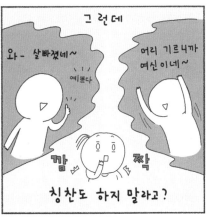

교육 심리학자 알피 콘(Alfie Kohn)은 말했다.

"칭찬은 칭찬하는 방향으로 통제하려는 것이다."

칭찬은 결국 내 기준으로 상대를 평가하고,

내가 좋다고 생각하는 것을 강요하게 된다.

교육뿐 아니라
꾸미기에도 칭찬의 역효과는 일어난다.

무심코 하는 칭찬에 혹
이런 생각이 포함되어 있지는 않았을까?

평가하지 않는 대화 방법은 뭘까?

칭찬도 하지 말라고? (2)

다큐에서는 이렇게 말한다.

" 그저 바라보라 "

칭찬하지 않아도
사랑스러운 눈빛이면 충만한 사랑을 느낀다.

'발견' 한 것을 '질문'하라.

가장 좋아하는
색은 보라색이니?

이것은 외모 대화에도 도움이 되는 조언이다.

'그옷 예쁘다', '화장 예쁘다'

조건이 필요한 칭찬보다, 그저 바라보는 것만으로도
얼마나 사랑하는지 알 수 있다.

예를 들면 이런 것이다.

머리 많이
길었네?

아ㅡ응

바빠서
못 잘랐더니
길었어

꾹

내 기준에서 판단하는 것이 아니라

상대방의 생각을 묻고

상대방의 이야기에 귀 기울이는 것.

칭찬은 손쉬운 관심의 표현이라고 한다.

그리고 그것에는 때때로 강요와 억압이 숨어 있다.

우리에겐 변화가 필요하다.

상대의 이야기를 귀 기울여 듣는 것

외모에 대한 칭찬과 그와 관련된 대화를 많이 하는 문화에서는 만나기만 하면 인사처럼 외모에 대한 이야기를 나눕니다. '립스틱 뭐 발랐어? 예쁘다', '재킷 멋지다' 등 외모에 대한 이야기를 빼면 왠지 어색해서 뭐라도 하나 말해야 할 것 같지요. (설령 그것이 유해하다 해도 현재 상태를 유지하는 편이 더 익숙하고 편하니까요.)

'음식을 잘하니 시집 잘 가겠다'라는 칭찬은 어떠신가요? 문제가 있어 보이시나요? 사실, 예전에는 전혀 문제되지 않았던 말입니다. 외모에 대한 칭찬도 마찬가지입니다. 외모를 칭찬 혹은 평가하는 것이 무례임을 인식하고 거기에 익숙해지려면 시간이 필요합니다. 이제까지의 문화가 성차별적이었기에 알아차리기가 쉽지는 않습니다. 하지만 외모 칭찬의 유해함을 깨달았다면 의식적으로 하지 않는 편을 추천합니다.

특히, 요즘의 문화는 여성에게 더 강력한 외모 코르셋을 요구합니다. 그 결과 외모 칭찬으로 생긴 화장, 다이어트, 의상, 헤어 등 타인의 요구와 사회적 압력에 의해 생긴 스스로의 요구에 맞춰지기를 강요받고 있으며, 그 기준에 자신을 맞추려 시간과 돈을 쓰고 있습니다. (거기에 맞추지 못하면 자신의 가치를 낮게 평가해 자존감이 하락하기도 합니다.)

제가 참고했던 다큐멘터리에서 한 어머니는 이렇게 말씀하십니다. "아이는 칭찬해야 할 일과 하지 않아야 할 일이 없다." 외모도 마찬가지입니다. 사랑하는 연인이 경우에 따라 예쁘기도 하고 안 예쁘기도 한 것일까요? '예쁘다'는 말에는 왜 그런 가정이 포함되어야 할까요?

과거 연애 시절, 남자 친구는 주로 제 외모를 칭찬했고, 저는 그 사람의 행동을 발견하고 이야기했는데 이처럼 사람의 외모를 판단하는 데 익숙해지면 늘 그것만을 관찰하게 됩니다. 그러다 보면 자신도 모르게 외모 이외에 사람을 관찰하는 능력이 퇴화될지도 모르고요.

우리에게는 여성이나 남성의 성 역할이나 외모에 한정되지 않은, 타인을 바라보고 관찰하는 시선을 키우려는 노력이 필요합니다. '책 읽는 걸 좋아하는구나', '예술사에 관심이 많구나!'라는……. 그리고 사랑하는 연인에게 꼭 무슨 말을 해야겠다면 '사랑해'라는 좋은 표현도 있습니다.

임신중단권

낙태죄는 생명 vs 여성 인권으로
대립해 온 것 같지만

흠/ 허/ 헛!

쿠

낙태죄

응

사실, 정치적 이유로 생겨나 여성을 탄압해 왔다.

조선 시대에도 낙태죄로 여성을 처벌하지 않았다.

크

윽

산모를 구타하여
낙태한 자 징역
태아가 90일 미만이면 태형
심지어 기간 구분

시대
역행 중?

그러던 중 조선 시대에도 없던 법이
일제 강점기에 생긴다.

1912년

징역!

"낙태죄"

촹

!

임신한 여성이 낙태한 때에는
1년 이하의 징역

대한민국 정부 수립 이후 재논의하였으나

1948년

이거
우짤까요

6.25때
인구 감소..

독립국 주권
인구 필요!

"낙태죄 유지"

그러다 '산아 제한 정책'을 펼칠 때
사문화되었다가

1990년~
저출산 문제로 재조명받기 시작

이후 임신 중단은 고비용과 고위험으로
여성들을 내몰았다.

임신 중단이 법적으로 허용된 국가

임신은 국가가 결정할 일이 아니라

당사자인 여성이 결정할 일이다.

미프진

국민청원으로 처음 알게 된 '미프진'

자연유산 유도약의

합법화 여부 결정 기대합니다

저런 게 있었어 ??!!

깜 짝

나만 몰랐나

모르는 분들을 위해 같이 알아봐요

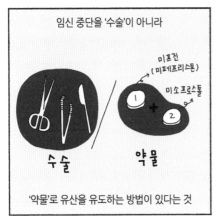

임신 중단을 '수술'이 아니라

미프진 (미페프리스톤)

미소프로스톨

수술

약물

'약물'로 유산을 유도하는 방법이 있다는 것

약물은 임신을 유지시켜 주는 호르몬을 억제하여

임신 유지 호르몬

멈추시오~

〈프로게스테론〉

〈미프진〉

임신을 유지할 수 없게 하고

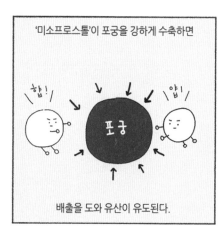

'미소프로스톨'이 포궁을 강하게 수축하면

배출을 도와 유산이 유도된다.

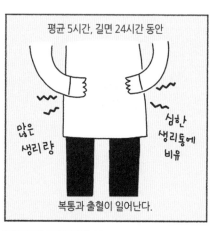

평균 5시간, 길면 24시간 동안

복통과 출혈이 일어난다.

물론, 다른 모든 약과 마찬가지로
부작용과 사용할 수 없는 예외가 있다.

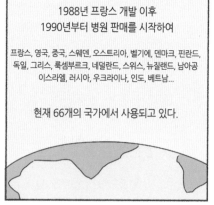

1988년 프랑스 개발 이후
1990년부터 병원 판매를 시작하여

프랑스, 영국, 중국, 스웨덴, 오스트리아, 벨기에, 덴마크, 핀란드,
독일, 그리스, 룩셈부르크, 네덜란드, 스위스, 뉴질랜드, 남아공
이스라엘, 러시아, 우크라이나, 인도, 베트남...

현재 66개의 국가에서 사용되고 있다.

미프진은 다른 모든 것이 그랬듯
도입 과정에서 많은 제약, 규제가 있을 것이다.

흠—   흠흠

도입 여부뿐 아니라
실질적인 사용에 문제가 없도록

많은 관심을 가지고 목소리를 내야 한다.

함께

'태아에게도 생명권이 있지 않을까요?'
만화를 게재한 이후 몇몇 분들로부터 조심스러운 문의를 받았습니다.

페미니즘을 지지하고 있는 사람입니다만, 낙태(임신중단)를 찬성하는 것
은 망설여집니다. '그래도 생명인데……'라는 생각이 들기 때문입니다.

저도 낙태죄 폐지에 대해서 혼란스러워하던 시기가 있었기에 질문하
신 분들의 고민이 이해됩니다. 하지만 '어느 시기부터 생명으로 볼 것
이냐', '낙태가 살인이라면 모자보건법으로 합법인 장애에 의한 임신
중단은 장애인을 살인해도 된다는 것이냐', '임신은 혼자 했냐, 남성은
왜 처벌받지 않느냐' 등의 온갖 논의를 뒤로하고 낙태죄 폐지를 찬성
하게 된 데에는 두 가지 이유가 있습니다.

첫 번째, 지구상에 100퍼센트 완벽한 피임 방법이란 없기 때문입니다.
이것은 아무리 주의를 기울여도 누구나 계획하지 않은 임신을 할 수
있다는 뜻입니다. 계획하지 않은 임신이 여성의 일, 생활, 건강 등 모든
면에서 얼마나 큰 영향을 끼치는지 모르는 사람은 아마 없을 것입니

다. 이처럼 완벽한 피임 방법이 없는데 임신중단을 여성이 결정할 수 없다는 것은 수정란에 생명이라는 프레임을 씌워 여성의 자기 몸 결정권을 박탈하는 것과 같습니다.

두 번째, 위와 같은 이유로 대부분의 국가에서는 임신중단을 허용하고 있습니다. 기간과 방식은 국가별로 상이하지만 여성의 자기 몸 결정권을 존중하고 있습니다.

위 사실과 역사적으로 국가가 낙태죄를 어떻게 활용해 왔는지를 알게 된 후, 저는 낙태죄 폐지를 찬성하게 되었습니다. 낙태죄 폐지는 국가가 여성에게 억압하고 있는 빼앗긴 자기 몸 결정권을 돌려받는 일입니다.

가임기 여성의 지도를 만드는 나라, 출산율이라는 이름으로 여성에게 낮은 출생률의 이유를 묻는 나라…… 낙태죄는 대한민국 여성 인권의 현주소를 보여 주고 있습니다.

CHAPTER
3

오늘부터 페미니스트

사회의 문제를 알고 나니 페미니스트가 되지 않을 수 없었는데, 막상 페미니스트가 되기로 하고 성차별에 맞서 싸우자 여러 문제가 생겼습니다. 가장 괴로웠던 문제는 바로 인간관계였습니다. 성차별과 여성혐오는 친구와 가족, 직장 동료, 연인 사이에서 다양한 모습으로 나타났고 그럴 때마다 괴롭다거나 불편함을 표시하면 상대가 괴로워했습니다. 페미니즘을 알고 저의 많은 것이 바뀌었지만, 세상은 여전하기에 이런 세상에서 어떻게 살아갈 것인지 고민한 기록들이 담겨 있습니다.

꼭 네가 해야 해? (2)

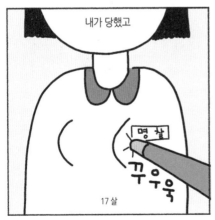

페미툰을 그린다고 하면
종종 이런저런 걸 물어본다.

근데..
페미니즘은 꼭 그렇게
거칠게 해야 해?

뭐?

아니~
관심을 가지려고 해도
너무 거칠고 강하게 말하니까
거부감이 들잖아

사근사근하고
예쁘게 말하면
좀 들어볼 텐데 말이야

ㅍ

파 하 하

뭐..
왜..

하하아ㅡ
웃겨

인권 운동을
예쁘게 하라니

예쁘게 말해 (2)

*1898년 9월 1일 〈여권통문〉 선언

책을 읽기 시작했다

페미니즘을 알고 느꼈던
'나로 살아가는 자유'를

소중한 사람들도 알기를 바랐다.

그래서 친구와 가족에게 이야기했지만

그럴 때마다 느낀 건

고정관념

관습

난 상관
없어

남들도
다
그렇게
살아

예상했던 것보다
훨씬 거대하고 단단한

벽

그 벽 너머에 있는 소중한 사람들

아무리 소리쳐도 소용 없고

이게 모두를 위한 거야!!

얘들아!!

안 들려

니가 이상한 거야!

주위엔 아무도 없는 느낌

그때 리사 부Lisa Bu의 강연이 생각났다.

안 돼

!

틀렸어

틀리지 않았어!

하지마

위험해!

'주변에서 답을 찾을 수 없다면
책에서라도 길을 찾아보자!'

그리고 곧장 도서관으로 향했다.

페미니즘

길을.. 찾을 수 있을까

책 속에서 많은 사람들을 만났고

비로소 길을 찾아가기 시작했다.

그 이야기는 하고 싶지 않아

일생을 성차별 속에서 살아온 사람에게는

그냥 하는 질문이 괜찮지 않을 수 있다.

그게 왜 문제야?

대답을 하려면 성차별과 성폭력, 비난과 억압을 떠올리고 타인에게 드러내야 하기 때문이다.

피가 거꾸로 솟는 긴 대화를 해도

난 아니네~

대충 좀 살아ㅎ

바뀌는 것은 없고,

그저 반복되었다.

내 인권 지킨다는데 뭐가 문제지..

저기..

페미니즘 왜 해?

난 진짜 궁금해서 그래 얘기 해봐

야-이것도 문제야?

이것도 불편해?!

무신경하고 공격적인 질문으로부터
나를 지킬 수 있었던 책은

《우리에겐 언어가 필요하다》

뭐라도 나아질까 애쓰다 지친 나에게
책은 이야기했다.

"당신은 아마 노력했을 겁니다.
가장 괜찮은 설명을 내놓으려 고군분투했겠지요."

"뭐라고 대답할지는 고민해 봤어도
대답을 '할지 말지' 고민해 본 적은 없지 않았나요?"

"당신에겐 대답할 의무가 없습니다."

"이해는 하는 거지, 시키는 것이 아닙니다."

어떤 질문들은
왜 그렇게 피로했는지 비로소 알게 되었다.

그 이야기는 하고 싶지 않아

이 한마디가 수많은
피로감과 공격으로부터 나를 지켜 주었다.

"차별을 받아 본 적 없는 이가
어떤 차별이 있는지를 알고 싶다면,

가장 먼저 이해해야 할 건
차별받는 이의 입장입니다."

이민경, 《우리에겐 언어가 필요하다》

어떻게 살아야 하지?

처음엔 세상이 쉽게 바뀔 거라고 생각했다.

벽은 높고 두드리는 내 손만 아팠다.

우리는 오랫동안 성차별을 학습해 왔고

쉽게 바뀔 것 같지 않았다.

그렇다면 나는 이런 세상에서

계속 이렇게 살아야 하는 걸까?

오늘부터 페미니스트

인권 주장을 비난하는 게 정말 이상했지만

누군가는 이에 격렬히 비난하고,
누군가는 그 비난에 같이 동조했다.

그때의 나는

이런 비난에 맞설 수 있을까..?

혼자서..

두려웠다

그러다 아주 작은 계기를 만났다.

누군가의 SNS 소개에 적혀 있던 다섯 글자

'페미니스트'

전체 공개로 써 놓은 이 다섯 글자가

'넌, 혼자가 아니야'

나에게는 커다란 '안도감'을 주었다.

그래서 그날 나도 프로필을 바꾸었다.
누군가의 '안도감'이 되기 위해.

키드
페미니스트

'우린, 혼자가 아니야'

관계 정리

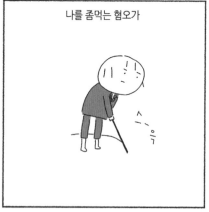

더 이상 나의 일상을 더럽히지 못하게

선을 그었다.

처음엔 무던히도 말했고

수도 없이 애썼고

그러다 마침내 마법의 문장이 나오면 알게 되었다.

혐오 없는 대화

이렇게 말하는 사람들에게

큰소리쳤지만

곧 새로운 친구들도 생겼다.

나도 왔어

어서와

슈 ─ 와 ─ 아

그중엔 생각을 바꿔 돌아온 친구도 있었다.

그즈음,
혐오 없는 대화를 만났다.

대화가 양떼 목장 같아

메─

평 온

냐냐

효효

무슨 말을 해도 얼굴과 몸매
결혼으로 끝나던 혐오로 가득했던 대화는

뭐?! 페미만화
결혼은 아 예
안 하려고?

지금 출장 가면
남자는 언제 만나?
언제 결혼해?

말 해도 문제..

니 나이에?

비
실
비
실

마라톤?
얼굴 타
~여자는
흰 피부지~

살 빠졌네?
과로가 널 살렸다
승승

자존감을 좀먹었지만

혐오가 없는 대화는 정말 굉장했다.

만화?
하고 싶어하더니
축하해!

무엇이든
할 수 있는 기분!

출장? 어디로!
새로운 경험 기대된다
!!

짝!

억압이
없으니

기운이
생솟아!

풀
파워!

마라톤?
굉장하다!
나도 해보고 싶어!

알지?
네 건강이
우선이야
몸장챙겨~

가능성과 자발성이 살아 있는 대화

이거 뭐라고 이렇게까지 평온하담-

오랫동안 기다려 왔다.

이런 평온을

만화를 SNS에 올리고 나니 친구를 태그해서 '네 덕분에 살맛 난다', '나에게는 네가 있어서 다행이다'와 같은 댓글들이 달렸습니다. 서로 간의 고마움과 감사, 안도의 감정이 오갔습니다. 그러던 중 마음이 안타까워지는 한 댓글을 보았습니다.

'제 주위에는 아무도 없어요. 페미니스트 친구가 한 명이라도 있었으면 좋겠어요.'

왠지 그 마음을 알 것 같았습니다. 저도 주변에 아무도 없을 때가 있었으니까요. 그때를 떠올리면 정말 힘들었던 것 같습니다. '네가 예민한 거야', '너만 이상해', '너 참 피곤하다'라는 소리를 매번 들으니 혼자서 무척 지치고 괴로웠습니다. 페미니즘에 대해 이야기 나눌 수 있는 상대가 주변에 있다는 것이 얼마나 중요한지 누구보다 잘 알기에 그 마음에 절실히 공감했습니다.

그래서 저는 제가 터득한 페미니스트 친구 찾기에 대해 몇 자 적어 보려 합니다.

첫 번째, 커뮤니티 찾아보기 : 요즘은 도서관이나 책방에서 페미니즘 독서 모임이 많이 열리고 있습니다.

두 번째, 한국여성의전화 : 전국 25개의 지역별 지부가 있는데 각종 모임 및 영화제 등 다양한 행사가 있어 참여할 수 있습니다. (http://hotline. or.kr/structures_board)

끝으로, 정말 아무도 없었을 때에는 책이 큰 버팀목이 되었습니다. 페미니즘을 오래 연구하고 깊이 있게 정리한 책들을 읽고 있으면 힘들고 지친 마음이 다잡혔습니다. (개인적으로 리베카 솔닛, 록산 게이 등의 글은 제게 큰 나무와도 같아서 지칠 때면 항상 그 그늘에 기대어 쉬어 가고는 했습니다.)

덧붙여, 저의 가장 가까운 친구는 얼마 전까지만 해도 페미니스트가 아니었는데 (저의 꾸준한 설득이 빛을 발했다기보다는) 스스로 책을 읽고 페미니스트가 되었습니다. 그렇다면 가까운 친구들에게 책 한 권을 추천해보면 어떨까요? (바로 이 책을 속닥속닥.)

직장에서 (1)

직장에서 (2)

이런 일이 벌어지는 건 위계 때문이라 강한 저항이 어려울 수 있어.

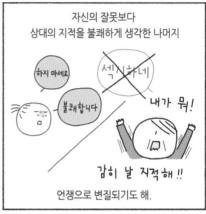

자신의 잘못보다
상대의 지적을 불쾌하게 생각한 나머지

하지 마세요

섹시하네

불쾌합니다

내가 뭐!

감히 날 지적해 !!

언쟁으로 변질되기도 해.

이럴 때
내가 쓰는
괜찮은 방법은
이런 거야

불쾌한 말을 들었을 때

B대리~
섹시하네

싸

악ㅡ

문제의 말을 그대로 반복하는 것

섹. 시.
하. 네.?

불쾌함을
확실하게
표현하면서도

본인이 한 말이니
불필요한 언쟁은
피할 수 있겠네요

호   오 오   흐흐   오

또 자신의 말을 상대 입으로 다시 들으면
다르게 들리기도 해서

섹시하네?

문제를 알아차리게 되는 것 같아.

혹은 가만히 쳐다보는 것.

빠   안-

때로는 시선이 말보다 강하게 의사를 전달하거든.

지적이 없으니 대꾸할 거리도 없고

B 대리 빙

뭐.. 뭐지

'내가 뭐... 잘못했나...'로 이어지더라고

그리고 가장 중요한 건

중요한 건!?

직장에서 (3)

소극적인 대처를 지향하는 것은 아닙니다.
다만, 위계 때문에 본인의 의사를 명확히 표현하기 어려운
상황을 가정하고 그에 대한 대처법을 담고 싶었습니다.

여성의 언어에는 NO가 없다

책을 읽다가 놀라운 부분을 발견했다.

무타 카즈에, 《부장님, 그건 성희롱입니다》

'성추행을 당했을 때

여성은 어떻게 반응할까?'

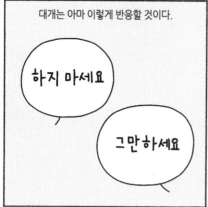

대개는 아마 이렇게 반응할 것이다.

하지 마세요

그만하세요

"이것은 과연 NO인가?"

부당한 상황에서 너무 공손하게
부탁하는 것은 아닐까?

만약 남성이 성추행을 당했다면
어떻게 반응할까?

스~윽

아마 '하지 마세요' 같은 반응은 아닐 것이다.

하지 마!

미쳤어!!

거친 언어

그렇겠네

끄덕

성차별적 사회화는 마땅히 분노해야 하는 순간에도

푸

욱

상냥하게

친절하게

온화하게

부드럽게

분노조차 할 수 없게 만들었다.

부당함에 대한 반응에도 작용하는

하지 마!

미쳤어?!

왜 나에게..

쯧쯧

왜 저래

미쳤나?

성차별적 사회 분위기

여성에게 특정한 이미지를 기대하지 않는가?

상냥   친절

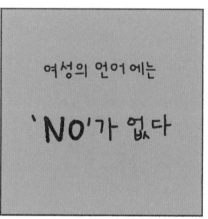

여성의 언어에는

'NO'가 없다

남자 친구 (1)

그렇게 한참을 이야기해도

지금 성희롱 얘기 중이잖아

여자들은 예쁘다고 하면 다 좋아하던데 왜 예민하게..

성희롱 잘못이 여성에게 있다고 ???

그러니까 예쁘지 않았으면 안 당했지~

생각은 조금도 달라지지 않았다.

이건 명백히 성희롱 이라고!! 그 언니가 성적 대상화 당하러 회사에 간게 아니잖아!

왜 그래, 그냥 농담한 거 가지고 뭘 심각하게 성희롱 이라는거야

이걸 왜 이해 못 하는거지 ???!!!

왜 자꾸 가해자 입장에서 얘기하는 거야?

일일이 다 문제삼 할 거야?!

무슨 가해자 입장이야!! 사회 통념이 그렇다는 거지

피해자 입장을 생각해 봐

잘못됐으면 해야지!!

남자 친구 (2)

언니 뭔가 방법이 있어요?

그.. 글쎄

어떻게 하면 설득할 수 있을까요

흔들 흔들

우선 우리는 매우 다른 삶을 살고 있다.

터벅 터벅

성추행, 성폭행...

죽을 수도 있다!

발자국 소리 ?!

어두운 골목길, 인적 드문 거리에서 여성은 생명의 위협을 느낄 수 있다.

그렇지만 남성은 '생명의 위협'에는 공감하기 어려울 것이다.

범죄자 취급하지 마!!!

생명의 위협?! 어이없네

나도 집 가는 방향이야!!

짜 증

그보다는 여성의 공포감이 불쾌하다는 것에 더 쉽게 공감할 것이다.

남성보다 위협적인 성별은 없으며 위협적인 뉴스를 매일 접하지도 않기 때문이다.

귀여운데

X 성별 또 남성을 폭행 후 살해.. 올해만 벌써..

이혼 각

남성들은 안전을 위해 더욱...

상상뉴스

이것이 바로 경험과 입장의 차이다.

여성이 겪는 일상적인 차별과 혐오를

남성은 알기 어렵고

이런 차이 때문에
남성이 여성의 인권을 이해하려면

반드시 공부가 필요하다.

여성 인권 문제로 다투는 연인들을 위한 조언

첫 번째, 직접 대화는 도움이 안 된다.

쿠궁 쿠궁

알아야 하는 정보가 너무 많고
입장이 달라 지치기만 한다.

대신 책, 영상, 뉴스, 영화 등
전문가들이 잘 정리해 놓은 자료를 활용하자.

궁금하면 이걸 보렴~

Book   News

자료를 활용하면
감정을 다치지 않고 정보를 전달할 수 있다.

책 읽을 시간이 없어

내 남친은 책
싫어해서.. 5분 이내의
영상 없을까?

???

이 말 진짜
많이 들었다

너를 위해
책 한 권 못 읽는
남자를 만나야 할까?

생각해
보자

페미니즘은 역사와 문화, 삶 전체의 성차별을 바꾸는 것이다.

5분? 오오오부흥?

두 번째, 시간이 걸린다는 것.

이제까지 알고 있던 성차별적 기준이
통째로 뒤집어지기 때문이다.

받아들이려면 다양한 지식과 시간이 필요하다.

가장 중요한 세 번째,

가장 가까운 사람이 여성혐오자라면,
그래서 너의 자존감을 갉아먹고 있다면

그 시간을 견딜 필요는 없다는 것.

"밤에는 위험하니까 일찍 다녀."

처음에는 이 문장이 전혀 이상하다고 생각하지 못했습니다. 실제로도 밤은 위험했기에 특별한 문제의식 없이 지나쳐 왔습니다. 저 문장이 나의 소중한 무언가를 빼앗고 있음을 알게 된 것은 한참 후의 일이었습니다.

사회생활을 하다 보니 일과 친목의 경계가 불분명한 날들이 많았습니다. 일로 시작했지만 친구가 되기도 하고, 친구처럼 만났는데 일을 하기도 했습니다. 그러니 어디서 누군가를 만나 커피를 마시든 술을 마시든 그것은 사회생활의 일부였습니다. 굳이 일이 아니더라도 친목은 제게 스트레스를 풀고 따뜻한 마음으로 일상을 헤쳐 나가도록 활력을 주는 중요한 일과였습니다.

그날도 친구와 일 사이의 어디쯤에서 술자리를 갖고 있었습니다. 그러다 자정이 막 넘어갈 때였습니다. 당시 사귀던 남자 친구로부터 연락이 왔고, 늦은 시간에 걱정되게 밖에서 뭐 하는 거냐며 다그치기에 저는 어리둥절해졌습니다. 정작 본인은 새벽 3시, 4시에도 아랑곳 않고 부어라 마셔라 하면서 제게 귀가 시간을 논하니 황당했는데 이어서 하는 말은 더 가관이었습니다.

"너는 여자잖아!"

도대체 여자라서 뭐 어쨌다는 것일까요. 제가 말을 잇지 못하자 남자 친구는 짐짓 목소리를 차분히 하고 말했습니다.

"여자들은 밤에 위험하잖아."

그는 제 입을 막음과 동시에 마침내 자신이 이겼다고 확신하는 듯했습니다. 저는 지지 않고 말했습니다.

"그래서? 여자들은 밤에 위험하니까 사회 활동을 하지 말라고?"

"너의 자유, 너의 사회 활동, 다 이해해. 하지만 내 여자가 늦은 밤에 밖을 돌아다니는데 내가 어떻게 편히 잠을 잘 수 있겠어."

한껏 사랑스러운 목소리로 그가 말했고, 사랑하기 때문에 걱정한다고, 이만큼이나 널 아낀다고 말했습니다. 사랑으로 포장하기만 하면 통제와 억압이, 차별과 폭력이 용인되는 것일까요?

세상이 잘못되었으면 세상을 고쳐야지 잘못된 세상으로 인해 피해받는 사람을 고치려 하다니 참으로 씁쓸했습니다. 세상을 고치는 것은 어렵고, 여자 친구를 고치는 것은 상대적으로 쉽기 때문에 그랬을까요?

바라건대 그렇게 걱정이 된다면 친구들이 술자리에서 다른 테이블의 여성을 성희롱하며 '저거 맛있겠다'라고 침 흘릴 때 그런 소리 하지 말라며 한마디라도 했으면 좋겠습니다. 여자 친구에게 전화하고 메시지를 보낼 시간에 여성을 대상으로 하는 범죄의 확실한 처벌을 위한 입법 활동에 힘을 보탰으면 좋겠습니다.

부디, 여성이 세상의 억압과 맞서 싸울 때 '밤에는 위험하니까 일찍 다녀'라는 말로 세상의 억압에 힘을 보태지 않았으면 좋겠습니다.

페미니즘 상담소

많은 사람이 물어보는 공통 질문은 바로!

페미니즘은 왜
그렇게 거친 걸까요?
관심은 있지만 거기에
동의하는 건 아니라
망설여 져요

그게
궁금하셨군요
같이 알아봐요

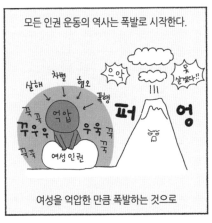

모든 인권 운동의 역사는 폭발로 시작한다.

여성을 억압한 만큼 폭발하는 것으로

억압이 변화하면 폭발의 형태도 변화한다.

예전에는 더 과격했지만 요즘엔 그렇지 않다.

'페미니즘이 과격해서 싫어!'라고 하는 것은
정치 혐오와 비슷해 보인다.

정치도 멀리서 보면 싸움만 보인다.
자극적인 뉴스만 이슈가 되기 때문이다.

하지만 관심을 가지고 가까이에서 보면

성실하게 정치를 하는 사람들이 많고
목소리를 높이는 이유도 알 수 있다.

페미니즘도 멀리서는 시끄러운 소리뿐이다.
주로 그런 가십이 이슈가 되기 때문이다.

페미니즘이 과격하게만 보인다면
너무 멀리 떨어져서 보고 있던 것은 아닐까?

관심이 있다면 자세히 보길 바란다.

당신이 망설이는 동안

당신의 친구들은 시위하고, 글을 쓰고,
노래하고, 디자인하고, 법을 바꾸며

세상을 바꾸고 있다.

CHAPTER
4

탈코르셋

외모와 행동에서 여성에게 가부장적 기준을 따르라고 억압하는 코르셋. 여성 인권에 관한 다양한 문제 중 가장 고민했던 것이 바로 이 지점이었습니다. 그런데 이와 관련해서는 책을 찾아봐도 속 시원한 답이 없었습니다. '화장을 하지 않으면 직장 생활에서 어떤 문제가 생기는지', '브래지어를 하지 않으면 신체에 어떤 변화가 생기는지', '탈코르셋을 하면 궁극적으로 나에게 어떤 이점이 생기는지' 등의 질문에 직접 나서서 해보고 생긴 변화의 기록을 담았습니다.

페미니즘을 접하면서
가장 혼란스러웠던 것들은

책에서 알려주지 않았습니다.

그래서 직접 해 봤습니다.

맨땅에 헤딩하는 느낌으로

쉽진 않지만
훨씬 자유로와!

경험한 것들을 나누고 싶었습니다.

제가 했던 고민의 기록이

자신만의 해답을 찾아가는데
작은 도움이 되길 바랍니다.

코르셋

코르셋은 여성의 몸매 보정을 위해
철사와 스판덱스 등으로 신체를 조이는 도구이다.

꼬으으—

컥

이것

그 결과, 신체 변형, 소화 불량 등 각종 건강 문제를 일으킴

하지만 여기서 할 이야기는

보이지 않는 코르셋이다

팍

얼굴

화장

몸매   팍   성격

콰악

가사 노동

외모부터 행동 양식까지 여성에게 요구되는 억압

사회가 강요하고

머리 좀
길러 !!

여자가
상냥한 맛이
없어~

여자가
화장 좀 해라
ㅋㅋㅋ

여자가
방꼴이 이게
뭐야~

오늘 나온
애들 중에 니가
제일 뚱뚱해

이래서
시집가겠어
?!

그렇게 사회화되어

난 뚱뚱해..

팔뚝
주물..   콰
악

스스로를 억압하게 되는 코르셋

그렇다면 이제까지 노오오오력 해서

샤 샤 샥

팡팡

샥샥

난 괜찮아
너희들 먹어

호호~

코르셋에 나를 꼭 맞춘 결과

내가 얻은 것은 무엇일까?

예쁘다

여자 같다

1등 신붓감

시집 가도
되겠네

I LIKE IT

네가 예뻐서 그래

그렇게 입고 다니까
그런일을 당하지

지가 꼬리쳐 놓고

성추행

성폭행   여성혐오

그리고 잃은 것은 무엇일까?

돈

건강

시간

나다움

이런 코르셋을 알고 많은 고민이 생겼다.

이것은 취향일까
코르셋일까?

나는 어디까지
할 수 있을까?

브래지어 안 하면
진짜 좋을까?

화장에 대한 비난은
어떻게 받아들여야 할까?

화장을
안 한다고?

일할 때는
어떻게 하지?

끝없이 생기는 고민은
생각만해서는 알 수 없었다.

집 앞에 나갈 때도 화장을 하고 조금이라도 날씬한 팔다리를 위해서라면 다이어트도 했습니다. (제가 바로 코르셋 덩어리였습니다.)

페미니즘을 공부하기 시작하고 코르셋을 버리자 놀라운 변화가 일어났습니다. 가부장제 사회가 여성에게 요구하는 미적 억압에 따르면 가슴, 허리, 엉덩이 둘레를 일컫는 '쓰리사이즈'는 물론이고 머리카락부터 발톱까지 구석구석 꾸미고 가꿔야 합니다. 꼭 시간과 비용의 문제가 아니더라도 여기에는 끊임없는 비교가 동반되어 자존감에도 악영향을 미칩니다.

'허리는 누가 제일 가늘고', '눈은 누가 더 예쁘고', '다리는 누가 제일 늘씬하네'…… 정말이지 모든 부위가 이렇듯 기준에 딱 들어맞는 사람이 세상에 존재하기나 하는 것일까요?

그렇지 않습니다. 그렇기에 모든 여성이 자신의 신체에 콤플렉스를 느끼며 살아가고 있습니다. 자신감을 찾기 위해 하는 화장과 다이어트를 통해 코르셋을 조일수록 아이러니하게도 자존감을 잃게 됩니다.

코르셋을 버리고 가장 먼저 되찾은 것이 바로 자존감이었습니다. 누구와도 비교하지 않고 나의 신체를 그대로 존중하며 제가 원하는 가치를 가꾸고 찾아가는 일을 시작하게 되었습니다.

심리 치료를 공부한 이후로 주위 사람들로부터 '이야기를 잘 들어 준다', '사려 깊다', '만나면 기분이 좋다'라는 이야기를 종종 들었는데 그 말들이 새로 한 머리나 립스틱에 대한 칭찬보다 훨씬 듣기 좋았습니다.

코르셋을 벗어 던진 지도 어느덧 1년이 다 되어 갑니다. 지금은 더 이상 일상 속에서 고민하지 않고 자유를 누리고 있지만, 처음 탈코르셋을 알게 되었을 때만 해도 여러 가지 고민이 앞섰습니다. '직장에서는 어떻게 해야 하지?', '하면 무엇이 달라질까?' 등의 다양한 고민을 했었고, 그런 저의 고민을 만화로 그렸습니다. 모쪼록 코르셋에 대해 여러 고민을 하고 계신 분들께 작은 도움이 되었으면 하는 바람입니다.

브래지어 탈출 (1)

또 체했나..

쿵 쿵

소화 기관이 약하다고 생각했다.

그런데

꺼억

툭

브래지어를 푸는 순간 막혔던 게 쑥 내려갔다.

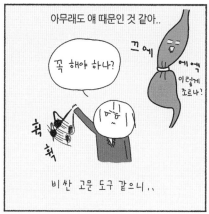

아무래도 얘 때문인 것 같아..

꼭 해야 하나?

끼 에

에엑 이렇게 쪼르나?

비싼 고문 도구 같으니..

도대체 이런 걸 왜 해야 하는 거지?

어디 보자

타 타 타

궁금한 거 못 참는 성격

그래서 브래지어의 용도와 역할을 찾아봤다.

프랑슈콩테 대학교의 장드니 루이용 교수가
18~35세 여성 300여 명을 15년간 추적해
'브래지어의 효과'를 분석한 결과

중력 때문에 가슴이 처질 것이라는 기존의 상식과 달리
"의학적으로, 생리적으로, 해부학적으로 가슴은
(브래지어로 인한) 어떤 이득도 보지 않았다"고 밝혔다.

영국 포츠머스대 조안나 스컬 교수팀이
여성 70명에게 러닝머신을 달리게 하면서
유방의 움직임을 측정한 결과

'유방에 통증을 느낄 정도의 충격이 가해지면,
유선 조직이나 쿠퍼 인대가 급격히
늘어날 가능성이 있다'고 밝혔다.

쿠퍼 인대는 가슴의 형태를 유지한다고 알려져 있는데

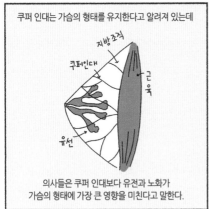

의사들은 쿠퍼 인대보다 유전과 노화가
가슴의 형태에 가장 큰 영향을 미친다고 말한다.

하지만 브래지어에 대한 연구에는 여러 한계가 있어

그대로 수용하기는 어렵다.
하지만 부작용은 정확하게 알려져 있다.

브래지어 탈출 (2)

처음엔 무늬 옷과 니플 밴드의 도움을 받았다.

티 나?

티 나?

백 번쯤 물어봄

티 나?

티나츄

그러다 요즘엔 그냥 다닌다.

네가 해서 괜찮은 건
내가 해도 괜찮다!

다만 옷감에 따라 캐미솔을 받쳐 입는다.

러닝?

으 ─ 따가워

까슬   까슬

그리고 세 달 후

오 ─

진짜
안 아프네!

근육이 생긴 건지 처음보다 확실히 덜 흔들리고
아픈 느낌도 사라졌다.

그 후 한 번도 체한 적이 없다.

소화 기관이
약한 게
아니었네

같아
♬

결론은

탈
코
최
고

처음 브래지어를 하지 않기로 했을 때, 꼭꼭 숨기는 문화에 익숙해 니플nipple이 신경 쓰였습니다. 그러던 중 니플 밴드를 알게 되었고, 하나 사서 사용해 보려 하는데 종류는 왜 그렇게 많고 다양한지…… 뭐가 어떻게 다른지 누가 좀 알려 주었으면 좋겠다고 생각했습니다.

어쩌면 저처럼 태어나 처음 보는 니플 밴드 앞에서 골똘히 고민하는 분이 계시다면 다소 주관적이지만 하나하나 써 보고 각각의 특징과 장단점을 살펴본 제 경험을 들려드리고 싶습니다.

니플 밴드의 종류는 크게 실리콘, 면, 일회용 제품으로 나뉩니다.

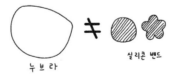

누브라   실리콘 밴드

실리콘 밴드 : 기존에 많이 알려져 있는 누브라보다 훨씬 작은 크기의 니플 밴드입니다. 전체 면적에 접착제가 있어서 표시가 거의 나지 않습니다. 다만, 통풍이 전혀 되지 않기 때문에 장시간 사용할 때, 특히

여름에는 (저의 경우) 가려움이 동반되었습니다. (탈착 시 고통은 덤!)

면 밴드 : 가운데 부분에 접착제가 없어 탈착 시 고통이 덜했습니다. 하지만 가장자리에도 접착제가 없어 니플 밴드 모양대로 들떠 겉으로 모양이 드러나는 단점이 있었습니다.

접착제

니플 부분에 접착제가
없어서 아프지 않다

들뜬다

일회용 및 의료용 테이프 : 사람에 따라서는 매우 유용하게 쓰인다는 후기도 있었는데, 제 경우에는 구김이 심해서 마치 종이를 구겨 놓은 것처럼 모양이 드러났습니다. 하지만 장시간 사용해도 가려움이 없다는 것은 장점이었습니다.

저의 경우 니플 밴드는 초기에만 잠시 사용했고 이후에는 그냥 다니거나 옷의 특성상 꼭 필요한 경우 캡이 장착된 캐미솔을 착용했습니다. (이때, 아래쪽 밴드가 장기를 조를 듯한 기세로 튼튼해 소화 불량이 생기는 것이 아닌 다소 헐렁한 제품을 애용했습니다.)

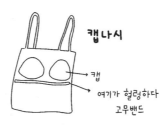

이러나 저러나 제일 편한 것은 아무것도 사용하지 않을 때였습니다.

현재는 속이 훤히 비치는 의상을 피하고 캐미솔만으로 옷을 입는데 세
상 천국이 따로 없습니다.

화장 (1)

화장이 예의라고 했다.

피부는 하얗고　　　　깨끗하고

눈매는 또렷하고　　입술은 생기 있게

나도 이쪽이 더 좋은 것 같았다.

당　당

화장이 잘된 날은 어쩐지 자신감도 더 생겼다.

그러다 화장기 없이 나가는 날에는

이러고 어딜 나가

쭈　굴

자신감도 떨어졌다.

그런데

내 자신감은 왜 여기에 있었을까?

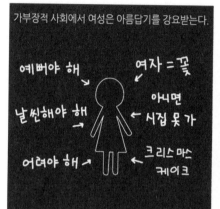

가부장적 사회에서 여성은 아름답기를 강요받는다.

예뻐야 해

여자 = 꽃

아니면 시집 못 가

날씬해야 해

어려야 해

크리스마스 케이크

그 기준을 따르지 않으면 가차 없이 비난받는다.

쌩얼이야?

자기관리 안 해?

제 얼굴 입니다만..

예의 없네

무슨 자신감이야?

네 나이를 생각해!

주근깨 다 보여

이런 상황에서 나의 판단을 믿을 수 있나?

성차별적으로 학습된 것 아닐까?

정말 내가 원하는 걸까?

집에 혼자 있을 때는 안 하잖아?

너무 오래된 사회화로 알 수 없다면

8년 전, 파리에서 지낼 때였습니다. 그때는 바닥에 빵을 떨어트리면 툭툭 털어 내고 주워 먹을 정도로 가난했으며 먹고 자는 시간을 빼고는 몽땅 그림을 그리는 데 썼습니다. 화장하고 꾸미는 것도 사치처럼 느껴졌습니다. 그래도 어느 누구 하나 '왜 화장을 안 해?', '화장하면 참 예쁠 텐데'와 같은 소리를 하지 않았습니다. 아무도 뭐라고 하지 않으니 언제 어디서나 자유롭고 편안했습니다. 파리에 있는 동안 모든 것이 행복했다고 할 수는 없지만 외모에 관한 압력은 확실히 한국과는 달랐습니다.

당시 한국 사람을 몇 번 만날 기회가 있었는데, 먼 타지에서 아는 사람을 만나 어찌나 반갑던지 무척 기쁜 마음이었습니다. 하지만 제 기대와 달리 상대는 뜻밖의 반응을 보였습니다.
"한국에서는 예뻤는데, 파리에서는 왜…… 아무리 그래도 그렇지 사람 같이 좀 하고 다녀. 한국 사람 다 그런 줄 알겠다."
첫 마디가 외모 품평이라니…… 반가웠던 마음이 차갑게 식었습니다. 그의 말뜻을 이해하려 '사람 같다'는 말을 여러 번 곱씹어 보았습니다. '비비크림', '파운데이션', '아이라이너', '립스틱'…… 이런 것들을 얼굴에 잔뜩 올리고 있었다면 '사람 같이 하고 다녀'라는 말을 피할 수 있었을까요?

사실, 파리에서 지내는 동안 화장에 관한 대화는 저때 딱 한 번뿐이었습니다. 어디에 가서 누구를 만나고 무엇을 하더라도 화장에 대한 이야기가 나온 적은 단 한 번도 없었습니다. 하지만 한국에서는 매일 같이 화장에 대한 이야기를 합니다.
"오늘은 생기가 있어 보인다."
"립스틱 새로 샀어? 잘 어울리네."
이런 말이 인사의 첫마디에 꼭 등장합니다. 결국, 저도 한국에 돌아와서는 얼마간 화장을 다시 하게 되었습니다. 맨 얼굴에 느껴지는 시선과 분위기, 말들을 감당할 수 없었기 때문입니다. 다들 그렇게 하니까 저도 그래야 한다고 생각했습니다. 페미니즘을 알기 전까지는 말입니다.

당연한 말이지만, 화장과 관계없이 저는 언제나 사람다운 모습이었으며 지금도 마찬가지입니다. 너무도 당연한 말 같지만 이 당연함을 주장하기 위해 저는 그림을 그리고 글을 쓰게 되었습니다.

화장 (2)

나는 학교에서 학생들을 가르친다.

만화 그리기

쉽죠~

프리랜서 강사

이런 식으로 직업 교육을 받았고

여성
밝은 파스텔톤
부드럽고 상냥한
이미지

남성
블루, 블랙톤
신뢰도 높은
이미지

요렇게
입으세요~!!

강사는
외모도 실력입니다.
여성들은 연한 화장으로
단정한 이미지를
연출하세요.

교육에는 화장법이 포함되어 있었다.

화장 앞에서 많은 고민을 했다.

직업과 화장의 관계를

또 화장과 전문성의 관계를

관계 없네

휙

앙!

와ㄹㄹ

결국, 강의할 때도 화장을 하지 않기로 했다.

화장을 하지 않은 첫날

여러분 안녕하세요~

선생님 오늘 얼굴 왜 그래요??

방

끗

ㅋㅋ

ㅋ

멈 칫

. . . .

가만히 칠판에 썼다.

학교에도 화장을 안 하고 다닌 지 이제 1년이 넘었습니다.

"선생님은 왜 화장 안 하세요? 하면 더 예쁠 텐데……?"

어느 날, 한 학생이 반짝이는 눈으로 제게 물었고 저는 질문으로 대답을 대신했습니다.

"선생님이 왜 화장을 해야 할까?"

제 질문에 학생은 잠시 생각에 잠기는 듯하더니 자신도 왜 그렇게 생각했는지 모르겠다며 머리를 긁적였습니다.

"선생님은 화장이나 예쁜 얼굴 말고 다채로운 매력을 가꾸고 싶단다. 책을 읽고, 그림을 그려 내면이 풍부해졌으면 좋겠고, 너희들을 잘 가르칠 수 있도록 너희 목소리에 귀를 잘 기울이는 사람이 되고 싶어."

사실, 말을 하고도 받아들이는 것은 학생의 몫이니 연연하지 않겠다고 생각했습니다. 그런데 그 생각의 문이 닫히기도 전에 학생이 '맞아요! 선생님은 화장과 관계없이 멋져요!'라며 제 마음을 안다는 듯 고개를 끄덕여 주었습니다.

그날, 그 모습을 가만히 지켜보던 제 마음은 여느 때보다 더 환해졌고 이름 모를 용기와 응원이 제 안에 차곡차곡 쌓이는 듯했습니다.

화장 (3)

나가야 하는 시간 8:00

코르셋과 바꾼 시간으로

건강한 아침밥을 챙겨 먹기도 하고

잠을 더 자거나

간단한 운동을 하기도 했다.

점점 건강해지는 느낌

안녕, 코르셋

다신 돌아가지 않을 거야.

화장 (4)

탈코르셋 운동이

XX 선생!
화장 안 하나?

다음 계약
안 하고 싶은가?

나 참!

생계를 위협하는 경우도 있다.

외모 억압이 없는 곳으로 이직하면 좋겠지만

사실 쉬운 일은 아니다.

끄으-
어떻게 해야
할까..?

이런 고민이 생겼을 때, 나만의 기준을 세웠다.

우선 여성 인권 운동은 오래 걸릴 것이다.

할머니의 할머니부터

성 훌훌

펑 흐어어-

디이

저긋저긋

어쩌면 내가 할머니가 될 때까지 계속-

그러니 지속 가능성을 생각해야 한다.

신 체 적

하루 이틀 하고
말 거 아니까

안 전

정 신 적   경 제 적

가장 중요한 것은 안전!

이런 생각 끝에

생계를 위협한다면 화장을 하기로 했다.

그렇게 복잡한 마음을 안고 학교에 간 날

선생님
오늘 예뻐요!

와 —
무슨 날이에요
??

화장한 모습을 본
학생들의 반응을 보고 생각했다.

나의 결정과 행동이
영향을 미치는구나

이 학생들에게.

저는 오늘 원하지 않는 화장을 했어요

여러분 세대에는 이런 일이 없어지도록 더 노력할게요

화장 (5)

어느 학교 교실

너희 틴트 뭐 써!

여학생의 대부분은 화장을 했다.

화장을 안 한 학생은 두 명

남학생 몇몇이 이들을 '원, 투'라 불렀고

'망했다', '엉망이다'의 의미로 사용하며

야 - 나 이번 시험 완전~ '원 투' 됐어

우리 학교 꼴 '원 투'임

두 사람을 조롱했다.

저게 무슨 짓이야..

ㅋㅋㅋ
ㅋㅋ

그걸 알게 된 여학생들은 분노했고

뭐라고?!

화장 안 했다고
그런 소릴 해?

퍽 퍽

우리도
그만두자!!

모든 여학생은 화장을 그만두기로 한다.

이후 화장으로 조롱하는 일은 사라졌다.

이는 '탈코르셋 운동'을 잘 보여 주는 일화다.

'탈코르셋 운동'을 알기 전
꾸미고 싶으면 꾸몄다.

내가
하고 싶으니까

페미니즘은 궁극적으로 '자유'를 추구하므로.

하지만 지금은 '꾸미지 않을 자유'가 없고

핫!

화장은 예의

너 빼고
다 해!

꾸우욱

나의 화장이 누군가를 억압하는 일에
힘을 더한다는 것을 알게 되었다.

'탈코르셋 운동'에 동참하기로 했다.

우리는 서로의 용기니까.

"화장하는 것이 무조건 나쁜가요? 저는 타인의 시선에 관계없이 제 만족으로 화장을 하고싶은데요."

종종 이렇게 물어보는 분들이 계신데, 페미니즘은 궁극적으로 '여성의 자유'를 지향합니다. 여기서 여성의 자유란 화장을 하고, 하지 않는 것을 선택할 수 있느냐를 의미합니다. 현재 탈코르셋 운동이 일어나고 있는 것은 '화장하지 않을 자유'가 여성에게 없기 때문입니다.

"야, 화장은 예의지."
"그렇게 하고 나왔어?"

우리는 화장하지 않은 여성의 얼굴에 면박을 주거나 희화화하는 장면을 자주 목격합니다. 혹시 화장하지 않고 외출을 할 때 마스크를 착용하거나 모자를 눌러 쓰고는 하지 않나요?

한 예를 들어 보겠습니다. 건물에 갇힌 상태에서 '나갈 수 있는 자유'가 없는데 '나는 건물에 있는 게 좋아, 이것은 나의 자유야!'라고 주장한다면 그것이 무슨 의미가 있을까요. 현재 탈코르셋 운동은 건물의 자물쇠를 부수는 일과 같은 맥락입니다.

꾸미는 일 자체의 좋고 나쁨을 주장하는 것이 아니라 한쪽 방향으로만 강요되고 있는 억압이 나쁘다고 말하는 것입니다. 그리고 그것을 무력화하기 위한 것이 바로 탈코르셋 운동입니다.

다이어트

다이어트에 대한 흥미로운 글을 발견했다.

여성의 몸매는 미적 억압 뿐 아니라

도덕적 억압을 받는다?

뭣?!

김주현, 《외모 꾸미기 미학과 페미니즘》

예전에 가부장제 사회에서는 먹을 것이 부족하면

배고파..

여성이 남성 가족원에게 식사를 양보했다.

그리고 가족에게 먹을 것을 양보한 굶주린 여성을

가족을 위한 희생

꼬륵

훌륭해!

오오오!

도덕적으로 생각했다.

그런 인식은 먹을 것이 풍족한 요즘에도 이어진다.

아빠가 체형이 크면

든든하다!

엄마가 체형이 크면

"혼자 뭘 그렇게 먹어서.. 쯧!"

쑥덕 쑥덕

텔레비전에서는 데이트할 때는 적게 먹고
집에 와서 비빔밥을 비벼 먹는 장면이 종종 연출된다.

양이 적어서
호호

배고파
죽을 뻔했네!

와국

와국

여성의 소식 미덕은 계속해서 재생산되고 있다.

미적
억압에 치

도덕적
억압 까지

익

아

오

그럼 다이어트도 나쁜 걸까?

?

갸웃

〈동의보감〉에도 나와 있다.

적당한 식사
적당한 운동

후손들아
건강하렴~

소식
따봉

운동
따봉

무엇이 나쁜지는 누구나 다 알 것이다.

건강을 해치는 몸매 집착

적당한 식사와 운동은 모든 사람에게 좋다.

하지만 여성을 향해 가혹하게 요구되는
미적, 도덕적 억압은 다시 생각해 볼 필요가 있다.

"너는 다리 살만 빼면 딱인데."

사람들은 끊임없이 제 다리를 지적했습니다. 어느 날은 한 남성이 제 몸을 위아래로 훑어보더니 '네 다리는 마지노선이야'라고 지껄였습니다. 본인이 정한 '여자 친구 기준'에 겨우 합격이라는 소리였던 것 같은데, 여기에는 지금보다 더 뚱뚱해지면 불합격이라는 메시지도 포함되어 있었습니다. 교제 대상으로 생각조차 하지 않은 사람에게 원치 않는 '합격 통보'와 경고를 동시에 받고 나니 참으로 기가 막혔습니다.

이런 황당하고 어이없는 사람들은 인생에서 빠르게 삭제했지만, 그들이 반복적으로 한 말은 머리에 남아 있었습니다. 그래서 저는 늘 제 다리가 굵다고 생각했습니다. 일어나면 거울 앞에 서서 다리 굵기를 확인했습니다. 어제가 더 뚱뚱했나, 오늘이 더 뚱뚱한가. 한참을 기웃거렸습니다. 지금 생각해 보면 저 따위 말 때문에 거울 앞에서 매일 같이 자존감을 갉아먹은 제 자신이 안쓰럽습니다.

페미니즘을 공부하고 나니 잘못된 것은 내 몸이 아니라 타인의 신체에 함부로 합격, 불합격을 외치는 심사 위원에게 있음을 알게 되었습니다. 가부장적 사회가 여성에게 요구하는 미적 억압인 '코르셋'. 그 기준을 벗어나기로 하고 얼마 지나지 않아 저는 더 이상 다리를 보지 않게 되었습니다.

일부러 보지 않으려 한 것이 아니라 자연히 그렇게 되었습니다. 그러자 예전에는 미워 보이던 것이 더 이상 나쁘게만 보이지 않았습니다. 예뻐 보여야 할 필요가 없으니 미워 보일 것도 없었습니다. 저는 굵지도 가늘지도 않은 제 다리를 가지고 있었을 뿐이었습니다.

언어 전쟁

코르셋에 대해 알아봤다.

이게 모두
코르셋이었군!

!

팍

하지만 알았다고 해서 바로 자유롭지는 않았다.

옳고 그름이   뒤집힌다?!

느어어   어어어

옳고 그름이 헷갈릴 때도 있었고
이제까지 옳다고 믿었던 것이 틀린 적도 있었다.

또 무의식적으로 성차별적 사고를 하기도 했다.

나도 모르게

헛!

30년 넘게 성차별적으로 사회화되어서
변화가 쉽진 않았다.

그래서 모든 걸 당장 바꿀 수는 없지만

○○ 은 성차별적   뭐라고 바꿀 수
단어인가?   있을까?

곰   곰

가장 먼저 언어를 조심하기로 했다.

인권 운동은 언어 전쟁이다.

여자들은 원래 / 많기도 하다 / 맘충
깔끔하잖아 / 된장녀
개념녀 / 여자들은 원래 / 감정적..
여자들은 / 김여사
원래 모성애가.. / 여자들은 원래
김치녀 / 꾸미는거
/ 좋아하잖아?

언어는 가치관을 형성하고
행동을 제한, 확장하기 때문이다.

무의식적으로 떠오르는 생각은 어쩔 수 없지만

예쁘다.. → 요건 평가 언어니까

사실 발견

머리 잘갚네?

타인에게 영향을 끼치지 않기 위해 언어를 골랐다.

생각이 길어지는 고민은
함께 이야기 나누기도 했다.

공연하는 / '멋지다' / 그것도
아티스트의 / '예쁘다' / 공연의 일부니까
의상이 멋지면 / 괜찮을까? / 괜찮지 않을까?

이왕이면
음악을 칭찬하는
쪽이 좋지 않을까요?

이렇게 매 순간 고민하는 일이 쉽지만은 않았다.

치 / 익 / 머리 아파ー

이렇게까지 ...

그러게 머리
평등 했으면
얼마나 좋아!

그래도

성평등을 위해 할 수 있는 가장 간단한 일이자
가장 강력한 일

언어부터 시작하면 어떨까!

"달이 조류에 영향을 미치듯
언어는 겉으로 드러나지
않는 힘을 발휘한다.
Language exerts hidden power
like a moon on the tides."

리타 메이 브라운
Rita Mae Brown

변화하고 있는 것들

여성 승무원은 결막염에 걸려도 렌즈를 꼈고 안경을 착용하려면 사유서를 써야 했다.

최근 들어 국내의 몇몇 항공사가 승무원의 외모 규정을 완화했다.

비상구는
가운데 양쪽 —

두발자유

안경자유

단발허용

네일컬러

아직..

모 방송국 여성 아나운서의

NEWS

다음 뉴스입니다

안경 착용은 화제가 되기도 했다.

서울의 한 대학 병원은

용모 매뉴얼

생기 있는 메이크업

마스크에 안 묻는 틴트

이게 뭐냐!!

말도 안 돼!!

여성 의료인에게 화장을 강제하는 매뉴얼을 취소했다.

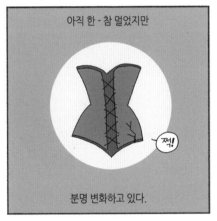

아직 한 - 참 멀었지만

쩍!

분명 변화하고 있다.

불편하다는 목소리가 더해지고

구두 착용
의무 반대

불편한
복장규정!!

바 뀌어야
한다!!

무지외반증 등
각종 족부 질환!!

관심이 더해지면

와글

와글

왜?
무슨 일 이야?

아픈데도
구두를 신어야
한다 네?

뭐어?
그거 문제네!

응! 반대
해야겠다!

시끌

시끌

세상은 생각보다 빠르게 변화할 수 있다.

그러다 나중에는 이런 대화를

예전엔 여성
승무원은 안경도
못 쓰게 했대

뭐어어?!

발이 아픈데도
구두를 신어야 했대

265

진짜 말도 안 되는 세상이었네~

이런 세상을 기대한다.

몹시 간절히

쓱 쓱

만화를 그리며

만화를 시작할 당시만 해도 페미니즘에 대한 사회적 분위기가 좋지 않았습니다. 인터넷에서는 '메갈 사냥'이 한창이었고 게시판은 욕설과 비난으로 가득했습니다. 그렇다 보니 지인조차도 비난과 걱정의 말을 많이 했습니다. 게다가 학부모의 항의를 받은 한 페미니스트 교사가 수업을 하지 못하는 경우도 있었습니다. 그 일을 전해 듣고 '이러다 나도 강의를 못 하게 되는 것은 아닐까' 하고 걱정하기도 했습니다.

이런 주변의 비난과 경제적 불안에도 불구하고 페미니즘 만화를 그리기로 결심했지만 사실 무척 겁이 났습니다. '이제 엄청난 악플에 시달리겠지'라고 생각하며 인터넷에 떠도는 무시무시한 댓글을 보았고, '이게 이제 내 만화에도 달리겠구나' 싶어 각오를 다지기도 했습니다.

그런데 만화를 그리는 1년 동안 페미니즘에 대한 인식에 크고 작은 변화들이 생겼습니다. 많은 페미니스트들이 용기 내어 목소리를 더했기 때문입니다.

다행히 악플은 '메갈 바보 똥개' 정도였고 늘 그보다 넘치는 응원의 메시지를 받았습니다.

'덕분에 페미니즘을 알게 되었다.'
'쉽게 설명해 줘서 좋았다.'
'내 친구에게 보여 주어야겠다.'

보내 주신 응원 덕분에 끝까지 잘 마무리할 수 있었습니다.
정말 감사합니다.

1년 사이에 사회의 많은 것들이 바뀐 것 같지만
페미니즘은 이제 시작입니다.
같이 걸어가는 길이 지치고 외롭지 않도록
저도 제 자리에서 목소리를 내고 함께하겠습니다.

감사합니다.

ㄱ

ㄱㅅㅂ 가람 가시고백 가연 가원 가은 간현아 간호학과 감자탕 강 강강냉 강선혜, 조혜진 강수희 강윤지 강정미 강정아 강정우 강채원 개꿩 갤 갱 갱갱이 갸릿 걍 게으른이누 고고싱 고나영 고래 고보정 고부 고새별 고연우 고유진 고은 고은지 고의정 고진옥 고혜빈 고혜정 곤냥 공라영 공지영 곽민주 구달 구도희 구르미 국다빈 권도희 권민주 권언지 권영주 권혜선 규율 기메리 기쁠희빼어날수 기음84내귀염에반했어 기혜 길혜영 김 지연 김가람 김가영 김가은 김가율 김건희(92.06.30) 김경윤 김나성 김나연 김나영 김나윤 김나형 김다슬 김다영 김다혜 김담희 김도윤 김뛰뛰 김모래 김미경 김민경 김민서 김민정 김민정 김민주 김민지 김민진 김민철 김보아 김보은 김서연 김설희 김성주 김세현 김소현 김소희 김솔 김솔아 김수민 김수빈 김수연 김수영 김수진 김아미 김영은 김예림 김예림 김예빈 김예슬 김예은 김예지 김예진 김옥섭 김용과 김우정 김유림&김유민 김윤지 김윤지 김은승 김은영 김은지 김은진 김인애 김장정 김정은 김주선 김주영 김지온 김지원 김지해 김지현 김지현 김지혜 김지혜 김지호 김지환 김찌몽 김찬미 김채연 김채연 김치girl 김태림 김하리 김하종 김한나 김해태 김현경 김현아 김현지 김혜린 김혜린 김혜미 김혜민 김호연 김호정 김효경 김효진 김효진 김희영 김희주 ㄲㄲ 까미까밍 깡지 꼬미라떼맘 꿀희 꿍나꿍나 뀨율 킹

ㄴㄷㄹㅁ

나답게살자 나만 나봄 나야나야나야나야 나연 나유라 나정 나현 난당필 날래 날한 남수영임준혁 남영주 남혜주 남효윤 내반쪽에게 냐냐농윰 나옹 냥보리 너구리 노미리 노성령 노현 노현주 눈사람 눈송 눈송이 눌이 느쟈 늘보새끼 니나니냐 니농 Ding 다래 다솜 다영 다혜 단비 단호 담담 던더니 덩케르크팬 데이리 데이지 뎅구씨 도담 동 동덕원대 불꽃페미 된두리안 둔둔 둘리 듀요니 디니 디럼 따란 떠듬이 또용 뚜디니 뚜우우우우 라마 라소영 라이렌 란 란 레몽 로니 로모 루리 루벨릭 루비 룩 룰루 룰루랄라 류다정 류승희 류승희 류현지 룡 르마 리니 리문쪼문 리아문 린 마간 맑꽁맑꽁 매듭달 하루 매화단비 맹구 머튜 멍진 메리베리 멜랑 멜로문 면 명동신 모나카 모르지내가누군지 몰라 몽드리 몽중인 무녕 무무맘 無我行 문다혜 문미정 문수인 문애봉 문영준 문찬미 물레, 하람 뭐래 미니 미빙곤듀 미주 롯 민경 민둥쓰 민똥땅 민우주 민이 민지 민지 밈ㅁㅁ 밍고

ㅂ

ㅂㅅㅁ 바라밍 바이올렛지우개 바키 박나영 박나형 박다연 박미린 박민솔 박민아 박민정 박민주 박서원 박서정 박서희 박선아 박선영 박세명 박세연 박소연 박소영 박소현 박수영 박수진 박수진 박수현 박승은 박시원 박아현 박예진 박은수 박은진 박이준 박정현 박지수 박지완 박지은 박지은 박지해 박지현 박지훈 박진아 박채원 박초현 박캣 박혜영 : 더 나은 세상을 위해 박효주 반계령 밤비토끼 밤쩨란 방방 방탄에인생배팅 배민정 배소영 배유경 배은송 배호연 백민 백소영 백승우 백승헌 백은혜 백은호 백혜경 버랄라 범선문화인쇄 베뉴 벨로리 별갈님 별낭이 별똥별 별명없음 보미 보배 보빵 보영, 정인, 소현 봄 북황 블래피 비얌냥 비피군 빛나는 효민 빡쌔 빼애앰 뽀님 뾰로롱꼬마마녀

ㅅ

사과향 사다복 사람 사밀릴 사샤 삼 상니 새 아 새벽별 새연이 색과 결 샘 샤르르 샤즈 산 서민경 서민숙 서벼리 서수정 서예은, 모란 서율비 서주렁 서지혜 서진 서현진 선생 하선율 선영 선영93 선유 선유 설지원 설하현 섬섬 성경 성채은 세아 세이 세찍이 셜로키언 소구 소담맘♡ 소라 소봉한소봉이 소서빈 소슬기 소연 소영 소영 손주연 손진아 손토끼 솔아 송다혜 송단비 송덕 송망개 송민주 송성혜 송수빈 송자까 송지원 송지혜 송한희 수달 수림 수수 수연 수정 순 순만 순이 숨 숨만 슈비듀밥밥 슈양 슈월드 스몰리스트 스물두번째낮 스크류바 슬기린 습기 승민 승아 시네 시머 시원허다 시체고양이묘 시하빈 식빵 식빵 신 신소연 신수연 신수진 신유정 신윤수 신윤아 신윤아 신윤지, 강혜빈 신은주 신은지 신은지 신의주 신재아 신재환 신해원 심민경 쏘쏘 쏠쏠

ㅇ

ㅇㄱㄴ ㅇㅇ ㅇㅇㅇㅇ ㅇㅈ ㅇㅈㅎ 아란 아랑 아래꼬리 아림 아무개 아보카도 아봉 아스카 아싸뿅 아아아아 아엘 아영 아영 아이니 아이시 아이재룡 안녕 안다정 안민예 안아영 안유진 안은지 안정은 안주희 안지연 안혜정 안혜지 알아서뭐 압지를아는지 앨런러스미스 야덕구 야호호야호 양둥이정아 양세희 양세희 양양D 양유진 양현아 양홍비 어버버러ㅓㅓ러러러 얼음 엄마재또흙먹어 엄선민 없음이름 에디터M 에이치 엔젤 엔젤리 여나 여진 연 연두 연성 연에 연정 연주 영군 영림 영만 영신 예나나 예니 예니 예진홀릭 예쩨미 엥킹 오나영 오다민 오라 오로미 오리 오서원 오선혜 오세연 오세정 오아름 오유정 오윤주 오지연 오지윤 오진향 오치 오현경 오현서 오현지 오혜미 옥분 온기 올바른세상을원하는지은 옹야 왕현지 용박사 우니 우민경 우수정 우연희임종승 우연희임종승 우왕 우인경 우주영웅 우진상 웅 원미 원소유 원혜리 위선희 유기쁨 유나 유니스 유림 유미선 유서진 유시경 유연우 유영경 유예솔 유예은 유월 유이 유주경 유주랑 유진 유진솔 유충 유현주 유혜원 유희진 육이 윤 윤 윤다봄 윤다원 윤동윤 윤서영 윤수빈 윤영 윤인어 윤정화 윤제이 윤제인 윤찡 윤초록 윤평안 윤하니 윤혜빈 윤효진 율 융다 으으 은갈치 은별 은수니 은재 은지 은진 은혜 은희 의연 이가을 이가을 이가을 이가인 이가희 이개 이경은 이규원 이나라 이나애 이다영 이다명 이다혜 이대형 이도아 이도희 이동은 이름없음 이링 이만별 이미진MijinLee 이민아 이민정 이뿌르 이서린 이서화 이선미 이선혜 이성령 이성미 이세향 이소현 971009 이송희 이수미 이수민 이수아 이수연 이수정 이수형 이슬아 이승옥 이승희 이아람 이에리 이여름 이연 이연송 이예경 이예진 이울다 이유민 이윤영 이윤정 이은지 이응 이재승 이정수 이제 이주영 이주화 이지 이지 이지선 이지연 이지은 이지은 이지인 이지현 이지현 이지현 이진희 이찬희 이채린 이채윤 이채은 이플 이하나 이한울 이한재 이하원 이현경 이현지 이혜리 이혜린 이혜리 이혜인 이혜지 이혜진 이호선 이효석 이후경 이희미 이희선 이희영 이희주 익일특급 인 애 인도의별 일깨워준 자매들 임나연 임보람 임서연 임소담 임수진 임유미 임재희 임진주 임태희 임효진 잇세

ㅈ

ㅈㅎ 자라 자몽자몽자몽 자색단지 자연티 장경진 장수진 장신영 장우정 장유진 장은경 장하늘 재명 재키상 전가링 전미리 전보경 전아영 전유민 전혜령 전혜진 정고운 정다정 정다희 정민주 정세은 정수인 정수지 정승원 정시은 정시현 정연 정연주 정예솔 정유진 정은경 정은재 정지 정지민 정지은 정지현 정진주 정하늘 정하영 정하은 정한나 정한아 정해나 정현 정현서 정화영 정희은 제노 젤리 정 제쓰 조묘희 조민경 조민경 조서영 조성윤 조성지 조소윤 조수 조승희 조신정 조유정 조유진 조인서 조재은 조현아 조현정 조혜원 종82 주나 주스씨 주영 주에리 주연 주연지 주현 주현민 주희 증냉몬 지렁이 지맹 지민 지방쓰 지숭 지영 지윤 지주희 지하은 지현 지현 진수인 진시링 진주 진주 짠짜니 쩨더킹 쪼뿅이 쮸 찡찡이

ㅊㅋㅌㅍ

차수정 차아령 차정경 차채윤 찬희 찹쌀똑 채린 채즈 천상 초코브라우니 최미리 최미진 최박사 최세림 최소연 최수연 최수정 최수진 최시원 최영효 최예원 최원두 최원주 최유리 최윤정 최은비 최정인 최지원 최지유 최지은 최잔실 최한슬 최현정 최현정 최혜연 최혜지(아롱언니) 최호정 쵸코우유 추지원 축구사랑 츠바사 치니치니 치크 카테미 코지 쿵쿵캉쿵킹 크롱 크름 태더 태희발바닥 탱져 템 티비 틸리 파랑쥐 파카찡 파피용ㅎㅎ 판다 팽송 펄 편지지 표시라 푸른굉이 푸른하늘 푸름 퓨퓨 핑구

ㅎ

ㅎ밍서 ㅎㅅㅎ 하늘 하동하동 하수빈 하영경 하예린 하유진 하이디 하재윤 하지 하해 하효진 한도연 한선 한설희 한소이 한솔 한아름 한지수 한지연 한지혜 한화진 해동이 해지개 행복한 요정님 허혜진 헤오닝 헌브 현아 현지 현지연 현지은 현지희 현진 헤바라기 혜원 혜진 헬 홀릭 홍 홍당무요 홍수아 홍승은 홍시 홍연주 홍영주 홍조 화진, 선주 화현 환희 활쟁이 황 황보은진 황유담 황유정 황제콩 황진영 황찬성 황혜림 김주경 효나와맛멋친구들 효덩 효정의 화염 후리 훈 훈 휴학함이담 윤제란 희연 희원 희주 히죽 히즈히즈

텀블벅
후원자

숫자

2 12 49 202 313 555 0817 7813 14427 92563 1218755 9999999 02년생 송민정 1기 박유림 25일 2sun0
2유민 405,24apm 8ㅅ8 95장은주 9ddd

ⒶⒷⒸ

a Aa AaA Achild allempty AnDA Anji Bling Apple and Orange BabyMonster bara봄 Black Blight blue dawn
Bonnie booxy boram8**** Bronco catgun chldn**** chlrhdn**** ChoHye Bae cje**** cjsdms**** class****
codns**** Courmet

ⒹⒺⒻⒼ

Da-som Jeong day db dbfladl05 dd dddddd DE deer dj1**** dkrr**** dldbfla**** dlgksq**** dlthg****
dltnql**** drifter du pain e11245**** ehfxld**** ELLA eomtonee esunny evphm**** Fe fh**** for**** forec****
fortuna gaebi Gayoung Luna Park gazero gd**** GENIE GGEBI Gigi gkstnd**** go**** Green pen gtlo****

ⒽⒾⒿ

haewo**** haotan happy612 Harry Hayley Bae hhhhh HHJ Hi Hui hui_yeon hw**** hy**** Hye Kyong Lee
hyu**** Hyunju Ryu Il-Hwan Jeon inci instagram @sol.ya Jam Lyu jaong999 jar jenge**** Jenna.K jeongsaehim
Jessica Jun jessssss jh0214 jhan Jinny Hwang Jinsol Park Jinyoung Park jiwankim jiwoo99**** Jiyeong Jang
jiyoungchoi jjhhjj**** JK.RHEE JN JN Joo joy joy Joy K Junit Junnnngs juyuenL JYP

ⓀⓁⓂⓃ

kawon**** kicoco**** kikle kinkar**** kis**** kkminjzz krystal_p kte**** larva Lee Gee LEEGR leehj****
leemogu**** Lidell LILIANH lkj**** LLI lololol Lune Lynn many9luck4 MARTEAU meki**** mia0**** miamo
Mich Minji Chae Mins mirage**** mis**** MK ms**** mus**** n3n**** naeng Nanhui Jeon Narges nica****
Noru

ⓄⓅⓆⓇⓈⓉⓊ

o**** o39**** oAo OHORA okyj00 ona oo**** Oooo PES qmwn**** Rachelly.JH Rain RBB REDFEM Regina
Jihyun Choen remain98 RIAN riri rkd**** rrj**** rtt rudals**** salls**** SEN seulgi7652 silver light Silver peace
simsim Siwon Kim skoiyme sksksk Smile snowlight sogna**** sooh sserani Steady sum Summer Sungo
SUPERTOP tbwn**** tjwngml**** TOKA* twojay ukai

ⓋⓌⓍⓎⓏ

vivien vnfh**** vv**** vvdlc**** whtnals**** winkjiu wld**** wlx**** X y0h YN yons yoo**** yu**** Yuhaaa
Yun Yunlike z123z zdk**** zhixuan zirallife zirin

나도 몰라서 공부하는 페미니즘

초판 1쇄 인쇄 2018년 12월 5일
초판 2쇄 발행 2018년 12월 20일

글 · 그림 키드

펴낸이 박세현
펴낸곳 팬덤북스

기획위원 김정대 · 김종선 · 김옥림
기획편집 이선희
편집 조시연
디자인 심지유
마케팅 전창열

주소 (우)14557 경기도 부천시 부천로 198번길 18, 202동 1104호
전화 070-8821-4312 | **팩스** 02-6008-4318
이메일 fandombooks@naver.com
블로그 http://blog.naver.com/fandombooks

출판등록 2009년 7월 9일(제2018-000046호)
ISBN 979-11-6169-067-4 03810

내가 여잔데
무슨 페미니즘이야~

절레  절레

나만큼 여자한테
잘하는 사람이
어디 있다고—

공주님처럼
모신다고

이런 분들께
추천합니다

끄응

페미니즘
어디서부터
시작하지?

친구들에게
추천해 주고 싶은데

좀 쉬운 책없나?

여기서 부터
시작해 볼까요!